瑞蘭國際

瑞蘭國際

信不信由你

一週開口說馬來語！

MALAY

新版

王麗蘭　著

推薦序

只要願意開口就能學會馬來語

在過去學習語言的經驗中，個人認為，馬來語是眾多的東南亞語言中，最容易學習的語言，因為文字是以羅馬拼音組成；文法與英文相似。對於台灣的學生而言，學習馬來語其實並不難。但過去教學經驗中，常常會遇到同學們都非常的「急性子」，急著要馬上了解該語言的「文法」、「句型」、「結構」等。但常常又會被「語言的規則」框了起來，支支吾吾地難以開口說出來，甚至失去對學習語言的「熱誠」與「動力」。那我們該怎麼辦好呢？學習一個新語言，從「發音」到「生字」再到「口說」究竟需要多少時間呢？

答案就在王麗蘭老師新編的馬來語教材《信不信由你，一週開口說馬來語！》裡。學習一個新的語言要從日常生活開始，因為語言是為了人與人之間「溝通」、「交流」使用的，畢竟在日常生活中，我想我們不會使用一些「生硬」的用語或「文縐縐」的句子吧！而這本教材的編寫完全以大家的「日常生活」出發，內容淺而易懂。本教材在錄音階段時，負責的錄音師在短短3小時的過程中就能將馬來語朗朗上口，可說是「即學即用，簡單又容易」的最好證明。

最後，台灣近年因為「新」南向政策的關係，試圖要與東南亞各國建立更加良好的交流。在這過程中，台灣民間社會一直有一群不被「鎂光燈」關注、但卻默默地努力、希望可以藉著相關的政策建立起台灣與東南亞的交流平台的人。而王老師就是其中一位，身懷六甲的她，依然願意花盡心思地編寫相關的教材，就只因為「台灣缺乏馬來語的教材」。在此我以「感恩」與「感激」的心，感謝王老師……希望接下台灣社會與東南亞能有更多正面的溝通、互動和交流！

國立臺灣大學文學院馬來語兼任講師

顏聖綜

真的可以一週就開口說馬來語！

坦白說，在寫這本書之前，我曾經懷疑過，怎麼可能一週就能夠開口說馬來語呢？這個語言，我們可是花了一輩子在學、在說，當中還有一些我們自己母語人士都覺得很困難的地方。但是，在我為這本書規劃學習範圍和進度，並開始撰寫之後，我真的覺得，一週是「可以」開口「說好」馬來語的！

自從2001年來到台灣唸大學，早已經遇過無數的台灣朋友告訴我說，他們身邊有來自馬來西亞的朋友。只是這些馬來西亞朋友好像語言能力都很強，英語、中文、台語（福建話），甚至客家話、廣東話等方言都很流利，更別說馬來西亞的國語馬來語。所以，好像一直沒有察覺有需要學習馬來語，以便跟這些來自馬來西亞的朋友們溝通互動。

但是，我們都知道，語言承載了文化內涵，更何況，近年來越來越多人到馬來西亞去旅行。我想，要學會並學好馬來語並非不可能的事。因此，決定率先編撰了這一本《信不信由你，一週開口說馬來語！》，讓台灣學習者們有機會學習馬來語。不僅讓大家有機會更深入認識馬來西亞的多元文化，更希望在旅遊、經商、出差的路上更順暢。

另外，其實印尼語來自馬來語，除了有一些詞彙不一樣之外，兩個語言相似度甚高。希望本書開啟台灣讀者對馬來、印尼社會的興趣，有機會的話再更進一步學習下去。

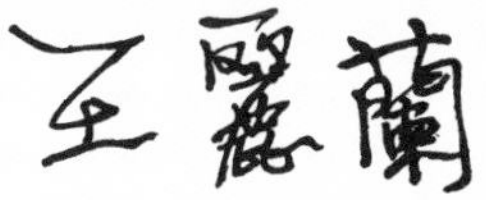

2023年7月於基隆

如何使用本書

一週七天，學習馬來語剛剛好！

本書以一週為單位，用三天的時間幫您打好發音基礎，第四天就能開始學習句型，每天不同主題，輕鬆學會生活馬來語。

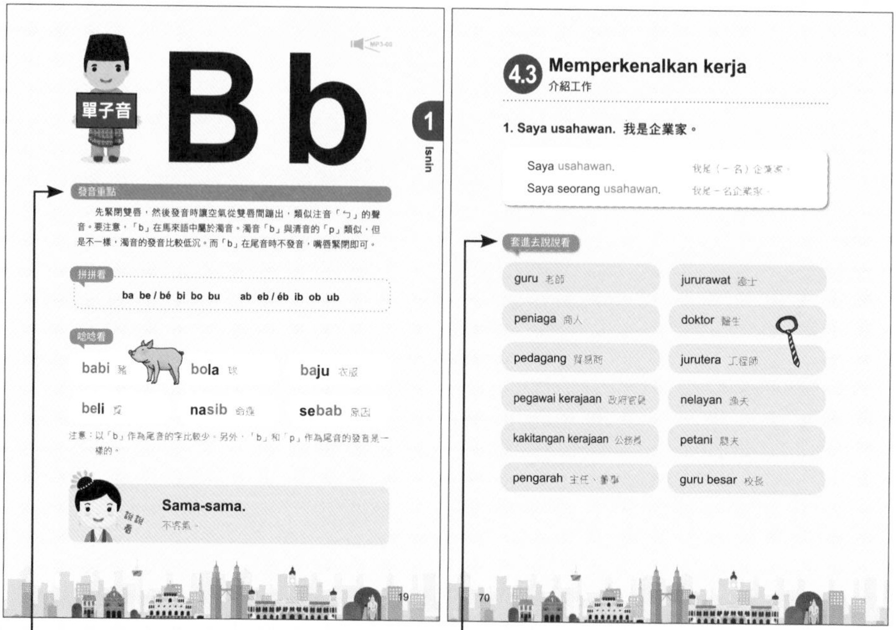

發音

先了解發音重點，再用自然發音法「拼拼看」、搭配單字「唸唸看」，是最有效的發音學習法。別忘了跟著MP3音檔一起練習喔！

套進去說說看

從星期四開始，每天依主題介紹不同句型。將單字套入句型中說說看，不僅增加單字量，更能活用句型。

開口對話看看吧

學過的句型、單字該如何實際運用？
快來試試生活會話吧！

3. 開口對話看看吧！

Saya bekerja di Singapura. 我在新加坡工作。

Azmin: Selamat petang, Puan Isya.
下午好，依莎女士。

Isya: Selamat petang, Encik Azmin.
下午好，阿茲敏先生。

Azmin: Sudah makan?
吃過了嗎？

Isya: Sudah. Encik orang mana?
吃過了（已經）。先生哪裡人？

Azmin: Saya orang Johor Bahru tapi bekerja di Singapura.
我是新山人，但是在新加坡工作。

Isya: Saya orang Pulau Pinang dan bekerja di Pulau Pinang juga.
我是檳城人，也在檳城工作。

Azmin: Saya seorang usahawan.
我是一位企業家。

文法小幫手

文法不用多，每天補充小份量，助您快速理解句型結構與規則，更快累積實力。

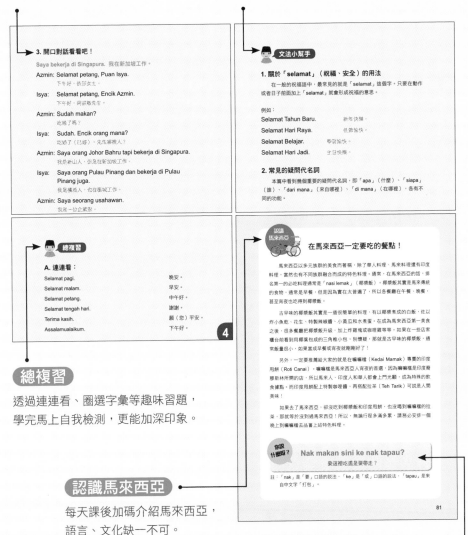

文法小幫手

1. 關於「selamat」（祝福、安全）的用法

在一般的祝福語中，最常見的就是「selamat」這個字。只要在動作或者日子前面加上「selamat」就會形成祝福的意思。

例如：

Selamat Tahun Baru. 新年快樂。
Selamat Hari Raya. 佳節愉快。
Selamat Belajar. 學習愉快。
Selamat Hari Jadi. 生日快樂。

2. 常見的疑問代名詞

本篇中看到幾個重要的疑問代名詞，即「apa」（什麼）、「siapa」（誰）、「dari mana」（來自哪裡）、「di mana」（在哪裡），各有不同的功能。

總複習

A. 連連看：

Selamat pagi.	晚安。
Selamat malam.	早安。
Selamat petang.	中午好。
Selamat tengah hari.	謝謝。
Terima kasih.	願（您）平安。
Assalamualaikum.	下午好。

4

總複習

透過連連看、圈選字彙等趣味習題，學完馬上自我檢測，更能加深印象。

認識馬來西亞

在馬來西亞一定要吃的餐點！

馬來西亞以多元族群的美食而著稱，除了華人料理、馬來料理還有印度料理，當然也有不同族群融合而成的特色料理。通常，在馬來西亞的話，排名第一的必吃料理通常是「nasi lemak」（椰漿飯）。椰漿飯其實是馬來傳統的食物，通常是早餐，但是因為實在太普遍了，所以各餐廳在午餐、晚餐，甚至宵夜也吃得到椰漿飯。

古早味的椰漿飯其實是一道很簡單的料理，有以椰漿煮成的白飯，佐以炸小魚乾、花生、特製辣椒醬、小黃瓜和水煮蛋。在成為馬來西亞第一美食之後，很多餐廳把椰漿飯升級，加上炸雞塊或咖哩雞等等。如果在一些店家櫃台前看到用椰葉包成的三角椎小包，別懷疑，那就是古早味的椰漿飯，通常飯量很小，如果當成早餐或宵夜就剛剛好了！

另外，一定要推薦給大家的就是在嘛嘛檔（Kedai Mamak）專賣的印度甩餅（Roti Canai）。嘛嘛檔是馬來西亞人宵夜的首選，因為嘛嘛檔是印度裔穆斯林所開的店，所以馬來人、印度人和華人都會上門光顧，成為特殊的飲食據點。而印度甩餅配上特製咖哩醬，再搭配拉茶（Teh Tarik）可說是人間美味！

如果去了馬來西亞，卻沒吃到椰漿飯和印度甩餅，也沒喝到嘛嘛檔的拉茶，那就等於沒到過馬來西亞！所以，無論行程多滿多累，請務必安排一個晚上到嘛嘛檔去品嘗上述特色料理。

你說什麼呀？

Nak makan sini ke nak tapau?
要這裡吃還是要帶走？

註：「nak」是「要」口語的說法，「ke」是「或」口語的說法，「tapau」是來自中文字「打包」。

81

認識馬來西亞

每天課後加碼介紹馬來西亞，語言、文化缺一不可。

你說什麼呀？

還有俗諺、流行用語，帶您融入當地！

目次

如何掃描 QR Code 下載音檔

1. 以手機內建的相機或是掃描 QR Code 的 App 掃描封面的 QR Code。
2. 點選「雲端硬碟」的連結之後，進入音檔清單畫面，接著點選畫面右上角的「三個點」。
3. 點選「新增至「已加星號」專區」一欄，星星即會變成黃色或黑色，代表加入成功。
4. 開啟電腦，打開您的「雲端硬碟」網頁，點選左側欄位的「已加星號」。
5. 選擇該音檔資料夾，點滑鼠右鍵，選擇「下載」，即可將音檔存入電腦。

認識馬來語

馬來語（Bahasa Melayu）是在馬來群島流通的語言，屬於南島語系的馬來波里尼西亞語族，最早的文獻記載可追朔至七世紀的一個石碑。然而，當時是以阿拉伯文字、波斯文字來記載馬來語。一直到西方殖民時期，才逐漸轉換成用羅馬字母來書寫。

那麼，是誰在講馬來語呢？當然就是馬來族群。馬來族群（Melayu）是散居於馬來半島、泰國南部、蘇門答臘西南部、廖內群島的族群。其中還分成許多次族群，因此，其實馬來語當中的分支（方言）也相當多。又由於位處在主要的貿易航道上，自七世紀開始，馬來語就是馬來群島之間的通用語（lingua franca）。

也因此，現在東南亞好幾個國家都以馬來語作為國家語言或官方語言，包括馬來西亞、汶萊和新加坡。另外，印尼在二十世紀中葉興起民族主義和反殖民主義，當時也選定了馬來語作為全印尼的統一通用語。印尼在1945年取得獨立，國名為「印度尼西亞」（Indonesia），國語當然也就跟著命名為「印度尼西亞語」（Bahasa Indonesia）。因此，這兩個語言相似度高，兩國人民幾乎可以溝通無礙。

馬來語由於一開始就是各個群島之間的通用語，再加上其特殊的地理位置，先後受到來自阿拉伯、波斯、印度、中國、西方等地的語言影響，所以這樣的影響也反映在各種詞彙上。因此，學習馬來語的過程，就像望入一個世界的萬花筒，很有趣，也很特別。

邀請大家一起來加入學習馬來語的行列！掌握馬來語，可說一手掌握了整個東南亞島嶼喔！

馬來語發音要點

馬來語是使用羅馬字母（或稱拉丁文字）的拼音文字，總共有26個字母，由字母組成字，而且字母本身就代表發音，因此一般在介紹馬來文字時，並不會再另外附國際音標。

在26個字母中，其中5個是單母音，即「a」、「e」、「i」、「o」、「u」。因此，另外21個字母就是單子音，分別為「b」、「c」、「d」、「f」、「g」、「h」、「j」、「k」、「l」、「m」、「n」、「p」、「q」、「r」、「s」、「t」、「v」、「w」、「x」、「y」、「z」。此外還有三個雙母音「ai」、「au」、「oi」和四個雙子音「kh」、「ng」、「ny」、「sy」，其中比較常見的是「ng」和「ny」這兩個雙子音。

本書以三天的課程來介紹馬來語的發音，其中要特別留意清音和濁音的差異，以及雙子音加上尾音之後的發音。分別如下：

星期一：介紹馬來語的單母音，即「a」、「e」、「i」、「o」、「u」，和八個單子音，即「b」、「c」、「d」、「f」、「g」、「h」、「j」、「k」。

星期二：介紹馬來語的其他單子音，即「l」、「m」、「n」、「p」、「q」、「r」、「s」、「t」、「v」、「w」、「x」、「y」、「z」。

星期三：介紹馬來語的三個雙母音，即「ai」、「au」、「oi」，和四個雙子音，即「kh」、「ng」、「ny」、「sy」。

馬來語的母音沒有長短音之分，單字也沒有重音，所以音調基本上隨情境而有所不同。

馬來語的字母表

Aa	Jj	Ss
Bb	Kk	Tt
Cc	Ll	Uu
Dd	Mm	Vv
Ee	Nn	Ww
Ff	Oo	Xx
Gg	Pp	Yy
Hh	Qq	Zz
Ii	Rr	

小提醒

「e」有兩個唸法，一個類似中文「額」或注音「ㄜ」的音，另一個類似注音「ㄟ」的音。本書為方便讀者快速掌握兩種唸法，以「é」來表示「ㄟ」的音，但請注意在現實生活中，無論哪個唸法，寫起來都一樣是「e」喔！

生活智慧

Tak ada busuk yang tak berbau.

紙包不住火。

Isnin
星期一

單母音、單子音

學習內容

1. 單母音「A a」、「E e」、「I i」、「O o」、「U u」
2. 單子音「B b」、「C c」、「D d」、「F f」、「G g」、「H h」、「Jj」、「K k」

學習目標

1. 學會馬來語的5個單母音的6個唸法
2. 學會21個單子音中的8個單子音

MP3-01

Aa

發音重點

嘴巴自然張開，發出類似中文「啊」或注音「ㄚ」的音。

唸唸看

ada 有

apa 什麼

aku 我

anak 孩子

alamat 地址

acara 節目

Apa khabar?

你好嗎？

單母音

Ee

發音重點

「e」有兩個唸法，一個類似中文「額」或注音「ㄜ」的音，另一個類似注音「ㄟ」的音。本書為方便讀者快速掌握兩種唸法，以「é」來表示「ㄟ」的音，但請注意在現實生活中，無論哪個唸法，寫起來都一樣是「e」喔！

每一個有母音「e」的單字，都有特定的唸法，而且唸法固定。所以只要按照字典或經驗，記下發音就可以了。一般而言，「e」唸成注音「ㄜ」的音比較多。

唸唸看

「ㄜ」的音	**enam** 六	**emas** 金
「ㄟ」的音	**énak** 好吃	**élok** 美麗、好
同時有「ㄜ」和「ㄟ」的單字	**keréta** 車子	**meréka** 他們

說說看

Selamat petang.

下午好。

MP3-03

I i

發音重點

類似中文「一」或注音「ㄧ」的音。

唸唸看

ini 這

itu 那

ikan 魚

sisi 旁邊、身邊

sini 這裡

itik 鴨子

Terima kasih.

謝謝。

MP3-04

Oo

發音重點

類似中文「哦」或注音「ㄛ」的音。

唸唸看

otot 肌肉	**Ogos** 八月
orang 人	**bola** 球
bodoh 笨	**bohong** 欺騙

Selamat datang.

歡迎光臨。

U u

發音重點

類似中文「屋」或注音「ㄨ」的音。

唸唸看

udang 蝦

ubat 藥

umur 年齡

udara 空氣

ibu 媽媽

usaha 努力

Tumpang tanya.

請問。

Bb

發音重點

先緊閉雙唇，然後發音時讓空氣從雙唇間蹦出，類似注音「ㄅ」的聲音。要注意，「b」在馬來語中屬於濁音。濁音「b」與清音的「p」類似，但是不一樣，濁音的發音比較低沉。而「b」在尾音時不發音，嘴唇緊閉即可。

拼拼看

ba be / bé bi bo bu　ab eb / éb ib ob ub

唸唸看

babi 豬

bola 球

baju 衣服

beli 買

nasib 命運

sebab 原因

注意：以「b」作為尾音的字比較少。另外，「b」和「p」作為尾音的發音是一樣的。

Sama-sama.

不客氣。

MP3-07

Cc

發音重點

嘴巴微張，發出類似注音「ㄔ」的聲音。要注意，在馬來語中，「c」不會放在尾音的位置。

拼拼看

ca ce / cé ci co cu

唸唸看

cari 找

cuba 試

cinta 愛

cantik 漂亮

cepat 快

curi 偷

Aku cinta kamu.

我愛你。

Dd

MP3-08

發音重點

舌尖抵在上方門牙後方，讓空氣透過舌齒間爆出，發出類似注音「ㄉ」的音。要注意，「d」在馬來語中屬於濁音，與清音的「t」類似但不一樣，濁音的發音比較低沉。而「d」在尾音時不發音，舌尖抵著牙齒，製造短音的效果。

拼拼看

da de / dé di do du　ad ed / éd id od ud

唸唸看

jadi 變成、所以

mandi 洗澡

duduk 坐

durian 榴槤

masjid 清真寺

had 限制

注意：以「d」作為尾音的字比較少。另外，「d」和「t」作為尾音的發音是一樣的。

Sila duduk.

請坐。

F f

MP3-09

發音重點

嘴巴微張，讓空氣從嘴唇間自然發出，發出類似注音「ㄈ」的音。「f」也會放在尾音的位置，只是這類的字比較少。

拼拼看

fa fe / fé fi fo fu　af ef / éf if of uf

唸唸看

foto 照片

fungsi 功能

fakta 事實

faktor 因素

huruf 字

maaf 原諒、抱歉

說說看

Minta maaf.

對不起。

Gg

發音重點

發出類似注音「ㄍ」的音，要注意，「g」在馬來語中屬於濁音。濁音「g」與清音的「k」類似，但是不一樣。濁音的發音比較低沉。而「g」在尾音時不發音，讓氣流在上顎的地方停頓，製造短音的效果。

拼拼看

ga ge / gé gi go gu　ag eg / ég ig og ug

唸唸看

gigi 牙齒

gaji 薪水

guru 老師

taugé 豆芽菜

katalog 目錄

dialog 對話

注意：以「g」作為尾音的字比較少。另外，「g」和「k」作為尾音的發音是一樣的。

說說看

Jumpa lagi.

再見。

H h

發音重點

嘴巴微張，讓氣流自然流出，發出類似注音「ㄏ」的音。而「h」在尾音時，自然送氣即可。

拼拼看

ha he / hé hi ho hu ah eh / éh ih oh uh

唸唸看

hati 心

hari 天、日子

hobi 興趣

hébat 厲害

ramah 熱情、熱心

rumah 屋子

說說看

Hati-hati di jalan.

路上小心。

J j

MP3-12

發音重點

嘴唇平扁，發出類似注音「ㄐ」的音。要注意，「j」在馬來語中不會放在尾音的位置。馬來語「j」的發音基本上與英語一樣。

拼拼看

ja je / jé ji jo ju

唸唸看

jalan 走、路

jual 賣

jambu 蓮霧

jagung 玉米

jodoh 緣分、對象

jauh 遠

說說看

Selamat jalan.

慢走。

MP3-13

Kk

發音重點

嘴巴微張，從舌根發出類似注音「ㄍ」的音。要注意，「k」在馬來語中屬於清音。清音的「k」與濁音「g」類似，但是不一樣，清音的發音比較清脆。而「k」在尾音時不發音，將氣流停在舌根，製造短音的效果。

拼拼看

ka ke / ké ki ko ku　　ak ek / ék ik ok uk

唸唸看

kaki 腳　　**kuku** 指甲 　　**kaya** 富有

kuih 糕點　　**baik** 好　　**naik** 上去

Khabar baik.

我很好。

文法小幫手

1. 馬來語的音節

音節的馬來語叫做「suku kata」，音節的區分很簡單，就算沒學過，用直覺也可以輕易把字唸出來。音節有以下幾個組合的方式：

(1) 母音（a, e, i, o, u）可以單獨形成一個音節，例如：「apa」（什麼）
(2) 母音＋子音，例如：「anda」（您）
(3) 子音＋母音，例如：「kamu」（你）
(4) 子音＋母音＋子音，例如：「jumpa」（見面）

有了上述最基本的音節組合方式之後，就能形成其他各種音節的組合了。在馬來語單字的發音上，每一個音節都需要唸出來。

例如：

「maaf」（原諒、抱歉）→「ma＋af」
「baik」（好）→「ba＋ik」

2. 馬來語發音上的清音和濁音

馬來語的發音上有分清音和濁音。其中清音是指「k」、「p」、「t」，而濁音是指「g」、「b」、「d」。其中，「k」和「g」、「p」和「b」、「t」和「d」的發音相似。清音的發音比較簡單，因為有很多中文字和清音的發音位置相同，而濁音的發音位置與閩南語類似，即類似閩南語「肉」的發音位置。

例如：

濁音	清音
bagi 給、為了	pagi 早上
dari 來自	tari 舞蹈
gagak 烏鴉	kakak 姐姐

總複習

A. 請選出正確的馬來語單字：

1. 什麼
   A. ada　B. aku　C. apa
2. 好吃
   A. enam　B. emas　C. enak
3. 這
   A. ini　B. ikan　C. itu
4. 人
   A. otot　B. orang　C. Ogos
5. 藥
   A. ubat　B. udara　C. udang
6. 車子
   A. mereka　B. kereta　C. kepala
7. 糕點
   A. kaya　B. kuih　C. baik
8. 豬
   A. babi　B. nasib　C. beli
9. 漂亮
   A. cari　B. cantik　C. cinta
10. 洗澡
   A. mandi　B. jadi　C. duduk

認識
馬來西亞

多元的馬來西亞（Malaysia）

馬來西亞是東南亞眾多國家中的一個聯邦制國家，由十三個州以及三個直轄區組成。馬來西亞是二戰後獨立的國家，其中西馬，即馬來半島（Semenanjung Melayu），率先在1957年取得獨立，當時取名為馬來亞（Malaya）。而東馬，即婆羅洲（Borneo）上的沙巴（Sabah）和砂勞越（Sarawak），則是到了1963年才加入馬來亞，自此兩地結合，正式更名為馬來西亞（Malaysia）。

早在公元一世紀時，在東南亞地區就有以不同地點為首都的古王國，勢力範圍甚至擴展到馬來半島、蘇門答臘島等等。一直到十五世紀初，馬六甲王朝在馬六甲建立，被認為是馬來文明開端。惟後來遭受西方殖民政權的攻擊而瓦解，使得王室成員遷至其他各州建立王國，成為現在所看到各州的樣貌。因此，馬來西亞目前還有九個州有蘇丹（Sultan），即州的最高統治者，類似國王的身分和角色。而這九名蘇丹輪流擔任馬來西亞的最高元首，任期為每五年一屆。

馬來西亞以多元民族著稱，除了多數民族馬來人之外，還有華人、印度人、原住民族等。此外，還有土生華人，通常稱為峇峇娘惹（Baba Nyonya）。自古以來，馬來西亞因地理位置位於東西方之間的航海要道，因此受到不同文化的薰陶，包括印度、阿拉伯、葡萄牙、西班牙、中國等等。也因此，這樣的文化也反映在語言上。歡迎大家在學習語言的過程，感受馬來語多元的面貌！

MP3-14

你說什麼呀？

Walao eh! pi makan bojio.

哇勞耶！去吃飯沒揪。

註：1.「walao」、「walao eh」或「哇勞耶」是馬來西亞華人喜歡使用的語助詞，通常表達驚訝或不可置信。

2.「pi」是「pergi」（去）的口語說法。

生活智慧

Seperti duduk dekat api.

伴君如伴虎。

Selasa
星期二

單子音

學習內容

單子音「Ll」、「Mm」、「Nn」、「Pp」、「Qq」、「Rr」、「Ss」、「Tt」、「Vv」、「Ww」、「Xx」、「Yy」、「Zz」

學習目標

學會21個單子音中的13個單子音

L l

MP3-15

發音重點

嘴巴微張，舌頭往上，發出「ㄌ」的聲音。當「l」在尾音時，舌頭稍微往上。馬來語中的「l」與英語發音一樣。

拼拼看

la le / lé li lo lu　al el / él il ol ul

唸唸看

lari 跑

lihat 看

malu 害羞

alamat 地址

halal 清真、合法

sambal 辣椒醬

Selamat Hari Gawai!

豐收節愉快！

Mm

發音重點

嘴唇先緊閉，發出類似注音「ㄇ」的音。當「m」在尾音時，嘴唇一樣要緊閉。

拼拼看

ma　me / mé　mi　mo　mu　　am　em / ém　im　om　um

唸唸看

mahu 要

makan 吃

mi 麵

malu 害羞

minum 喝

malam 晚上

說說看

Selamat malam.

晚安。

MP3-17

N n

發音重點

發出類似注音「ㄋ」的音。當「n」在尾音時，上下顎自然閉合即可。

拼拼看

na ne / né ni no nu　　an en / én in on un

唸唸看

nama 名字

nasi 飯

niaga 生意

negara 國家

minta 要求

main 玩

Selamat Hari Krismas!

聖誕節愉快！

單子音 Pp

發音重點

先把雙唇緊閉，然後發音時讓空氣從雙唇間蹦出，發出類似注音「ㄅ」的音。要注意，「p」在馬來語中屬於清音。清音的「p」與濁音「b」類似，但是不一樣，清音的發音比較清脆。而「p」在尾音時不發音，雙唇緊閉，製造短音的效果。

拼拼看

pa pe / pé pi po pu ap ep / ép ip op up

唸唸看

pagi 早上

sepuluh 十

panas 熱

ponténg 曠課、曠工

kicap 醬油

tutup 關

注意：「p」和「b」作為尾音的發音是一樣的。

說說看

Selamat pagi.

早安。

MP3-19

Q q

發音重點

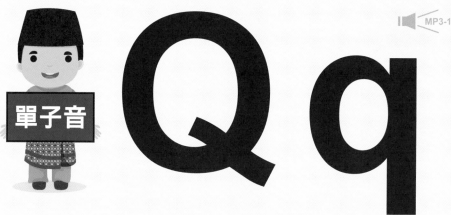

發出類似注音「ㄎ」的音。要注意，馬來語中很少有「q」的字，大部分翻譯自阿拉伯語。

拼拼看

qa qi qu

唸唸看

Quran 古蘭經

說說看

Selamat Hari Jadi!

生日快樂！

MP3-20

Rr

發音重點

舌頭往上捲，發出類似注音「ㄖ」的音。當「r」在尾音時，一樣將舌頭往上捲。

拼拼看

ra re / ré ri ro ru　ar er / ér ir or ur

唸唸看

rasa 感覺

rumah 家、屋子

rosak 損壞

turun 落、下降

kerja 工作

belajar 學習

說說看

Selamat Hari Raya!

佳節愉快！

MP3-21

Ss

發音重點

發出類似注音「ㄙ」的音。「s」在尾音時，一樣輕輕地發出「ㄙ」的音。

拼拼看

sa se / sé si so su as es / és is os us

唸唸看

suka 喜歡

susu 奶

sibuk 忙碌

sabar 耐心

manis 甜

selepas 之後

Selamat Hari Keamatan!

豐收節愉快！

T t

發音重點

嘴巴微張，發出類似注音「ㄉ」的音。要注意，「t」在馬來語中屬於清音。清音的「t」與濁音「d」類似，但是不一樣，清音的發音比較清脆。而「t」在尾音時不發音，舌尖抵著牙齒，製造短音的效果。

拼拼看

ta te / té ti to tu at et / ét it ot ut

唸唸看

tadi 剛才

tidur 睡覺

teman 朋友

tahu 知道

empat 四

sakit 生病、痛

注意：「t」和「d」作為尾音的發音是一樣的。

Selamat Tahun Baru!

新年快樂！

V v

發音重點

類似中文「威」的音。馬來語中很少用這個字母，大部分是英文翻譯過來的字。在馬來語中，「v」不會放置在尾音的位置。

拼拼看

va ve / vé vi vo vu

唸唸看

visa 簽證

video 錄影

vitamin 營養素（維他命）

vokasional 技職教育

vakum 真空

visi 願景

Selamat Tahun Baru Cina!

農曆新年快樂！

MP3-24

W w

發音重點

發出類似注音「ㄨ」的音，與英文「w」的發音一樣。在馬來語中，「w」不會放置在尾音的位置。

拼拼看

wa we / wé wi wo wu

唸唸看

waktu 時間

wang 錢

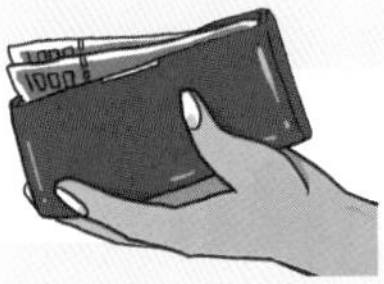

wajib 必須、義務

wartawan 記者

wayang 電影、影片

wawasan 願景

Selamat Hari Thaipusam!

大寶森節愉快！

Xx

發音重點

與英文「x」的發音一樣。馬來語中很少用這個字母，大部分是英文翻譯過來的字。在馬來語中，「x」不會放置在尾音的位置。

拼拼看

xe / xé xi

唸唸看

X-Ray X光

Selamat Berpuasa!

齋戒愉快！

Yy

發音重點

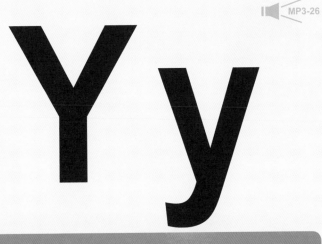

發出類似注音「ㄧ」的音，馬來語中很少用這個字母，大部分是英文翻譯過來的字，「y」也不會放置在尾音的位置。

拼拼看

ya ye / yé yi yo yu

唸唸看

ya 是

bayi 嬰兒

yakin 確信

raya 偉大

sayang 愛

saya 我

Selamat Hari Raya Aidilfitri!

開齋節愉快！

MP3-27

Zz

發音重點

與英文「z」的發音一樣。馬來語中很少用這個字母，大部分是外來字。在馬來語中，「z」不會放置在尾音的位置。

拼拼看

za ze / zé zi zo zu

唸唸看

zon 區

zaman 時代

zoo 動物園

zalim 殘暴

ziarah 拜訪（墓地）

zip 拉鍊

Selamat Hari Deepavali!

排燈節（屠妖節）愉快！

文法小幫手

馬來語的詞彙怎麼組成？

馬來語的詞彙組成方式很簡單，基本上是由基礎的動詞、形容詞或名詞，例如：「makan」（吃）、「baik」（好）等等，進一步透過重複、合併和附加（即前綴、後綴或環綴）形成進階的動詞或名詞。例如：「makanan」（食物）、「memperbaiki」（修理、修復、修好）等等。

馬來語中詞彙組成的主要方式分別是：單字（kata tunggal）、重複（kata ganda）、合併（kata majmuk）、附加（imbuhan）。

(1) 單字（kata tunggal）

例如：「cat」（油漆）、「baca」（唸）、「kereta」（車子）、「masyarakat」（社會）

(2) 重複（kata ganda）

例如：「sama-sama」（不客氣）、「gula-gula」（糖果）、「jalan-jalan」（逛逛）

(3) 合併（kata majmuk）

例如：「jalan raya」（道路）、「kakitangan」（助手）、「kerja sama」（合作）

(4) 附加（imbuhan）

例如：「bacaan」（讀物）、「membaca」（讀、看）、「pembaca」（讀者）

總複習

A. 請選出正確的馬來語單字：

1. 古蘭經

   A. Qulan　　B. Gulan　　C. Quran

2. 害羞

   A. lari　　B. lihat　　C. malu

3. 吃

   A. mana　　B. makan　　C. malam

4. 名字

   A. mana　　B. nasi　　C. nama

5. 熱

   A. pagi　　B. panas　　C. kicap

6. 家、屋子

   A. rumah　　B. rasa　　C. ramah

7. 奶

   A. susu　　B. sibuk　　C. suka

8. 朋友

   A. taman　　B. teman　　C. tidur

9. 時間

   A. waktu　　B. wangsa　　C. wartawan

10. 是

    A. ya　　B. yakin　　C. yayasan

在馬來西亞一定要吃什麼？

在馬來西亞，你一定要會吃辣，也要會吃榴槤。如果你不吃辣，也沒關係，因為馬來西亞的餐廳有個「叫水文化」，就是點餐一定要另外叫飲料，所以如果沒辦法吃辣，那就只好猛灌飲料。馬來西亞人以吃辣為生活習慣，而且也以能吃辣為榮。

為什麼馬來西亞人這麼愛吃辣呢？有一種說法是因為天氣炎熱，儘管會流汗，但體內的熱氣沒辦法完全排出來，而吃辣有助於排汗，會讓人身體舒暢，也能增進胃口，所以在馬來西亞，不論馬來人、印度人或華人都喜歡吃辣。

除了辣之外，另外就是必吃榴槤了。榴槤在馬來西亞號稱果王，在榴槤季節，一年兩熟，大熟在六、七月間，小熟在十一、十二月，沿街都可以看得到一車車的榴槤，便宜的三顆只要台幣一百塊。也有高級的品種，例如：名牌「D24」、「貓山王」、「紅蝦」等。這一類的高級品種，價格很高，一顆可能介於台幣600塊到800塊之間。

馬來西亞人剖榴槤的動作叫做「殺榴槤」，如果仔細觀察熟透的榴槤，會看到刺皮之中，會有一條筆直的裂縫，這裡就是剖刀、下刀之處。頂級的榴槤會有一種酒香味，且每一口的滋味都不一樣，但對不喜歡榴槤的人，就覺得是一種惡臭。學會吃辣和榴槤，是到馬來西亞入境隨俗的方式之一喔！

MP3-28

你說什麼呀？

Bos, teh tarik beng satu, tapau.

老闆，冰拉茶一個，外帶。

註：1.「bos」是馬來西亞人稱呼餐廳男性店員的方式，意思類似「老闆」。

2.「beng」是「冰」的福建話發音，普遍用在飲料上。

3.「tapau」是中文「打包」的口語說法，意思是「外帶」。

生活智慧

Guru kencing berdiri,
anak murid kencing berlari.

上梁不正，下梁歪。

Rabu
星期三

雙母音、雙子音

學習內容

1. 3個雙母音「AI ai」、「AU au」、「OI oi」

2. 4個雙子音「KH kh」、「NG ng」、「NY ny」、「SY sy」

學習目標

學會馬來語發音中的3個雙母音、4個雙子音

AI ai

發音重點

先發出類似注音「ㄚ」的音，然後再發注音「ㄧ」的音，類似中文「哀」的音。

唸唸看

pandai 聰明

pantai 海灘

sampai 到達

usai 結束

selesai 完成

ramai 多、熱鬧

Syabas!

棒極了！（表達喝采）

AU au

發音重點

先發出類似注音「ㄚ」的音，然後再發注音「ㄨ」的音。

唸唸看

kerbau 水牛

kacau 混亂、打擾

pulau 島

saudara 兄弟

harimau 老虎

kemarau 乾旱

Tahniah!

恭喜！

OI oi

發音重點

先發出類似注音「ㄛ」的音，然後再發注音「ㄧ」的音。

唸唸看

amboi 唉唷

amoi 小妹妹

sepoi 涼風徐徐

說說看

Assalamualaikum.

願你平安。

MP3-32

雙子音

KH kh

發音重點

發出類似注音「ㄎ」的音。雙子音「kh」比較少見，大部分是阿拉伯語翻譯過來的字。「kh」在尾音時，一樣發出類似注音「ㄎ」的音。

拼拼看

kha khe / khé khi kho khu　**akh ekh / ékh ikh okh ukh**

唸唸看

khas 特別

khusus 特別

akhir 最後

tarikh 日期

說說看

Turut berduka cita.

節哀順變。

MP3-33

NG ng

發音重點

使用鼻腔發音。若在母音前面，例如搭配母音「a」，則形成「nga」，類似台語「雅」的發音。若在母音後面，則形成尾音，需要有鼻音，例如搭配母音「a」，則形成「ang」，類似注音「ㄤ」的音。

拼拼看

nga nge / ngé ngi ngo ngu ang eng / éng ing ong ung

唸唸看

bunga 花

wangi 香

wang 錢

singa 獅子

ngeri 可怕的

buang 丟

Jom makan!

走吧，去吃東西！

NY ny

發音重點

使用鼻腔發音。若在母音前面，例如搭配母音「a」，則形成「nya」，將舌頭放在上顎，突然放開並送氣，發出類似中文「尼亞」的音。要注意，「ny」不會放置在尾音的位置。

拼拼看

nya nye / nyé nyi nyo nyu

唸唸看

nyanyi 唱歌

nyonya 女士、夫人

bunyi 聲音

penyu 海龜

banyak 很多

nyamuk 蚊子

Gong Xi Fa Cai!

恭喜發財！

MP3-35

雙子音

SY sy

發音重點

將嘴唇微微向前集中，並送氣，發出類似注音「ㄒ」的音，或類似中文「噓」的音。要注意，「sy」不會放置在尾音的位置。

拼拼看

sya sye / syé syi syo syu

唸唸看

syarat 條件

syor 建議

masyarakat 社會

syukur 感恩

syarikat 公司

isyarat 訊號

說說看

Syukurlah!

感恩啊！

文法小幫手

馬來語中的大寫

馬來語的書寫文字使用羅馬字母拼音。如同英文一樣，在書寫上有大小寫的規範。在以下的狀況須使用大寫：

(1) 句子的第一個字
例如：「Buku ini sangat bagus.」（這本書很棒！）

(2) 在對話中句子的第一個字
例如：「Kata ibu, "Kamu orang yang baik."」
（媽媽說：「你是好人。」）

(3) 一般人名
例如：「Mahathir Muhammad」（馬哈迪．穆罕默德）

(4) 族群或國族的名稱
例如：「Orang Melayu」（馬來人）、「Orang Cina」（華人）

(5) 與宗教、上帝、日期相關的專有名詞
例如：「Islam」（伊斯蘭）、「Kristian」（基督教）、
「Isnin」（星期一）

(6) 有爵位、頭銜的人名
例如：「Tan Sri Dato' Seri Law Hieng Ding」
（丹斯里拿督斯里劉賢鎮）

(7) 地理名稱
例如：「Malaysia」（馬來西亞）、
「Tasik Titiwangsa」（帝帝旺莎湖）

總複習

A. 請選出正確的馬來語單字：

1. 到達

   A. sampai　　B. pantai　　C. usai

2. 島

   A. kacau　　B. pandai　　C. pulau

3. 小妹妹

   A. orang　　B. amoi　　C. amboi

4. 海邊

   A. sampai　　B. pantai　　C. usai

5. 公司

   A. kacau　　B. syarikat　　C. syukur

6. 特別

   A. khas　　B. akhir　　C. tarikh

7. 花

   A. singa　　B. bunga　　C. wangi

8. 唱歌

   A. nyonya　　B. penyu　　C. nyanyi

9. 社會

   A. masyarakat　　B. syukur　　C. syarat

10. 夫人

    A. nyonya　　B. penyu　　C. nyanyi

認識
馬來西亞

在馬來西亞一定要喝什麼？

馬來西亞是熱帶國家，在炎熱的天氣下，汗流浹背的人最想吃的就是清涼的飲料與冰品了。在台灣，珍珠奶茶店到處林立，在馬來西亞，珍珠奶茶可是高貴的飲品，一杯台幣七、八十塊的價位，是在百貨公司裡由專櫃販賣。那在馬來西亞怎麼找飲料喝呢？不用擔心，你只要隨便走入一家餐廳，點餐的同時，老闆就會順便問你，要點什麼「水」來喝。所謂的「水」，就是飲料，泛指茶水、果汁、汽水等等。在馬來西亞，在餐廳吃飯配飲料是一種習慣，各族群皆然。

在馬來西亞也有一種特殊的餐廳，叫做「茶餐室」，通常是一間店面，有很多座位，周圍有許多攤販，賣各式各樣的食物，像是雲吞麵、肉骨茶或是海南雞飯，其中一定有一家賣茶水的小販，通常是房東經營，由於每個客人可以向不同攤位點餐，但只能向一家茶水販點水，所以賣茶水一定是穩賺不賠，這就是大馬華人茶餐室的經營策略。

在茶餐室裡，一定會出現的飲料有拉茶（teh tarik）、檸檬茶（*ice lemon tea*）、黑咖啡（kopi O）、咖啡加煉奶（kopi）、金桔酸梅水、一百號（*100 plus*）、冰美祿（milo ais）。其中黑咖啡（kopi O，唸kopi「ㄛ」）的「O」指的是「黑」的意思，意思是咖啡不加煉乳，也就是黑咖啡的意思。

在馬來西亞，點飲料就像說行話一樣有趣，有機會一定要親自點一杯「kopi O beng」（冰黑咖啡）來喝喝看喔！

MP3-36

你說什麼呀？

Bos, kopi O beng satu,
kurang manis ya.

老闆，冰黑咖啡一杯，少甜喔。

註：「kurang manis」是少甜的意思，怕太甜的人一定要學會這一句。

生活智慧

Kacang lupakan kulit.

忘恩負義。

Khamis
星期四

用馬來語問候和介紹自己！

學習內容

1. 基本問候與自我介紹
2. 介紹自己來自哪裡、住在哪裡
3. 介紹自己的工作
4. 介紹家人和重要他人

學習目標

1. 學習基本問候與稱呼
2. 學習自我介紹
3. 學習各項工作與職業的說法
4. 學習家庭成員和重要他人的說法

MP3-37

4.1 Sapaan dan panggilan

問候與稱呼

1. 基本問候

(1) 打招呼

Selamat pagi.	早安。
Selamat tengah hari.	中午好。
Selamat petang.	下午好。
Selamat malam.	晚安。
Apa khabar?	你好嗎？
Khabar baik.	（我）很好。

(2) 感謝

Terima kasih.	謝謝。
Sama-sama.	不客氣。

(3) 道歉

Minta maaf.	對不起。
Tidak apa-apa.	沒關係。

(4) 道別

Jumpa lagi.	再見。
Selamat jalan.	慢走。

2. 基本稱呼

(1) 正式場合

encik	先生
tuan	先生（正式）
puan	女士
cik	小姐

(2) 一般生活上

pak cik	伯父
mak cik	伯母
abang	哥哥
kakak	姐姐
adik	小弟弟、小妹妹
amoi	小妹妹

小提醒

通常在致詞時會聽到「tuan-tuan dan puan-puan」，就是「先生們、女士們」的意思。

3. 開口對話看看吧！

Selamat pagi! 早安！

Hassan: Selamat pagi, Puan Siti.
早安，西蒂女士。

Siti: Selamat pagi, Encik Hassan.
早安，哈山先生。

Hassan: Apa khabar, Puan Siti?
你好嗎，西蒂女士？

Siti: Khabar baik. Dan kamu?
（我）很好。你呢？

Hassan: Saya juga baik.
我也（很）好。

Siti: Ini kasih encik.
這個給您（先生）。

Hassan: Terima kasih.
謝謝。

Siti: Sama-sama.
不客氣。

小提醒

「dan」是「和」、「juga」是「也」、「kasih」是「給」的意思。

4. 其他常用問候語

(1) 穆斯林的見面問候語

Assalamualaikum. 願你平安。

Walaikum salam. （也）願你平安。

(2) 一般見面問候語

Sudah makan? 吃過了嗎？

Sudah. 吃過了。

Belum. 還沒。

Lama tak jumpa. 很久沒見。

(3) 表達祝福

Tahniah! 恭喜！

Syabas! 做得好！

Semoga cepat sembuh. 希望你早日康復。

Semoga berjaya. 希望（你）成功。

(4) 節日祝福

Selamat hari jadi. 生日快樂。

Selamat hujung minggu. 週末愉快。

MP3-39

4.2 Memperkenalkan diri
介紹自己

1. Nama saya 我的名字

Nama saya Siti.	我的名字是西蒂。
Nama saya Hassan.	我的名字是哈山。
Nama saya Kumar.	我的名字是古瑪。
Nama saya Ah Hock.	我的名字是阿福。

套進去說說看

Nama aku 我的名字

Namaku 我的名字

Nama aku Ibrahim.	我的名字是依不拉欣。
Nama aku Nurul.	我的名字是諾茹。

Namaku Ah Tiong.	我的名字是阿宗。
Namaku Bee Bee.	我的名字是美美。

2. Saya dari...... 我來自……
Saya tinggal di...... 我住在……

(1) 我來自……

Saya dari Taiwan.	我來自台灣。
Aku dari Malaysia.	我來自馬來西亞。

(2) 我住在……

Saya tinggal di Kuala Lumpur.	我住在吉隆坡。
Aku tinggal di Taipei.	我住在台北。

套進去說說看

bekerja 工作

belajar 學習

Saya bekerja di Taipei. 我在台北工作。

Saya belajar di Taipei. 我在台北唸書（學習）。

MP3-40

3. 開口對話看看吧！

Apa nama kamu? 你叫什麼名字？

Hassan: Selamat pagi, puan.
早安，女士。

Siti: Selamat pagi, encik.
早安，先生。

Hassan: Nama saya Hassan. Apa nama kamu?
我的名字是哈山。你叫什麼名字？

Siti: Nama saya Siti.
我的名字是西蒂。

Hassan: Saya dari Taipei.
我來自台北。

Siti: Saya dari Kuala Lumpur.
我來自吉隆坡。

Hassan: Saya tinggal di Hotél Matahari.
我住在太陽飯店。

Siti: Saya juga.
我也是。

小提醒

「hotél」是「飯店」的意思。

4. 其他常用自我介紹用語

(1) 來自哪裡？

Kamu dari mana?	你來自哪裡？
Saya dari Kuala Lumpur.	我來自吉隆坡。
Kamu datang dari mana?	你來自哪裡？
Saya datang dari Taipei.	我來自台北。

(2) 介紹自己是什麼人

Saya orang Taiwan.	我是台灣人。
Saya Hassan.	我是哈山。

(3) 很高興認識你

Selamat berkenalan.	很高興認識（你）。
Gembira bertemu dengan kamu.	很高興跟你見面。

MP3-41

4.3 Memperkenalkan kerja

介紹工作

1. Saya usahawan. 我是企業家。

Saya usahawan.	我是（一名）企業家。
Saya seorang usahawan.	我是一名企業家。

套進去說說看

- guru 老師
- peniaga 商人
- pedagang 貿易商
- pegawai kerajaan 政府官員
- kakitangan kerajaan 公務員
- pengarah 主任、董事
- jururawat 護士
- doktor 醫生
- jurutera 工程師
- nelayan 漁夫
- petani 農夫
- guru besar 校長

2. Saya bekerja di syarikat makanan.
我在食品公司工作。

Saya bekerja di syarikat makanan.
我在食品公司工作。

Saya bekerja di sebuah syarikat makanan.
我在一家食品公司工作。

套進去說說看

sekolah 學校	kementerian pendidikan 教育部
hospital 醫院	kementerian luar negeri 外交部
yayasan 基金會	syarikat swasta 私人公司
kedai roti 麵包店	syarikat surat khabar 報社
syarikat majalah 雜誌社	perusahaan kertas 造紙公司

pertubuhan bukan kerajaan 非政府組織

sendirian berhad（sdn. bhd.） 有限公司

MP3-42

3. 開口對話看看吧！

Saya bekerja di Singapura. 我在新加坡工作。

Azmin: Selamat petang, Puan Isya.
下午好，依莎女士。

Isya: Selamat petang, Encik Azmin.
下午好，阿茲敏先生。

Azmin: Sudah makan?
吃過了嗎？

Isya: Sudah. Encik orang mana?
吃過了（已經）。先生哪裡人？

Azmin: Saya orang Johor Bahru tapi bekerja di Singapura.
我是新山人，但是在新加坡工作。

Isya: Saya orang Pulau Pinang dan bekerja di Pulau Pinang juga.
我是檳城人，也在檳城工作。

Azmin: Saya seorang usahawan.
我是一位企業家。

Isya: Saya bekerja di sebuah syarikat swasta.
我在一間私人公司工作。

小提醒

「tapi」是「但是」的意思。

4. 其他身分或職業的說法

suri rumah tangga 家庭主婦

guru Bahasa Melayu 馬來語老師

pengurus kanan 經理

guru Bahasa Cina 華語老師

penolong kanan 副校長

guru Bahasa Inggeris 英語老師

pengarah pemasaran 行銷經理

wartawan 記者

ketua pegawai kewangan 金融主管

setiausaha 祕書

broker harta tanah 房地產仲介

penjual 小販

MP3-43

4.4 Memperkenalkan keluarga dan kawan

介紹家人和朋友

1. Ini isteri saya. 這是我的太太。

Saya perkenalkan, ini isteri saya, Puan Maznah.
我來介紹一下，這是我太太，瑪茲納女士。

套進去說說看

suami 丈夫	isteri / bini 太太
ayah / bapa 爸爸	ibu / emak 媽媽
anak lelaki 兒子	anak perempuan 女兒
kawan 朋友	teman 朋友
kekasih 情人	rakan kerja 同事
teman sekolah 學校同學	teman kelas 班上同學

2. Sudah kahwin belum? 結婚了嗎？

(1) 結婚了沒？

Sudah kahwin belum?	結婚了嗎？
Sudah.	結婚了（已經）。
Belum.	還沒。

(2) 有小孩了沒？

Sudah ada anak belum?	已經有小孩了嗎？
Ada dua anak.	有兩個小孩。
Belum ada.	還沒有。
Sedang hamil.	正在懷孕。

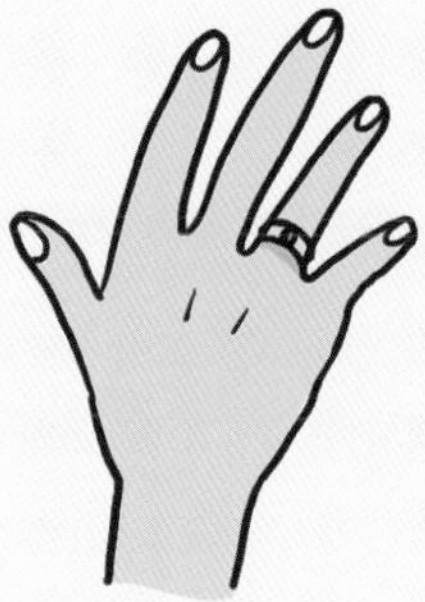

MP3-44

3. 開口對話看看吧！

Sudah kahwin belum? 結婚了沒？

Isya: Selamat malam, Encik Azmin.
晚安，阿茲敏先生。

Azmin: Selamat malam, Puan Isya.
晚安，依莎女士。

Isya: Sudah kahwin belum?
已經結婚了嗎？

Azmin: Sudah.
結婚了。

Isya: Ini siapa?
這是誰？

Azmin: Saya perkenalkan, ini isteri saya.
我來介紹，這是我的太太。

Isya: Sudah ada anak?
已經有小孩了嗎？

Azmin: Sudah. Ada dua.
已經（有了）。有兩個。

小提醒

「siapa」是「誰」、「dua」是「二」的意思。

4. 其他家庭成員和重要他人的說法

datuk 爺爺、外公

nénék 奶奶、外婆

abang 哥哥

kakak 姐姐

adik lelaki 弟弟

adik perempuan 妹妹

pak cik 伯父（包含所有男性長輩）

mak cik 伯母（包含所有女性長輩）

sepupu 表堂兄弟姐妹

cucu （外）孫子女

majikan 雇主

pekerja 員工

文法小幫手

1. 關於「selamat」（祝福、安全）的用法

在一般的祝福語中，最常見的就是「selamat」這個字。只要在動作或者日子前面加上「selamat」就會形成祝福的意思。

例如：

Selamat Tahun Baru. 新年快樂。

Selamat Hari Raya. 佳節愉快。

Selamat Belajar. 學習愉快。

Selamat Hari Jadi. 生日快樂。

2. 常見的疑問代名詞

本篇中看到幾個重要的疑問代名詞，即「apa」（什麼）、「siapa」（誰）、「dari mana」（來自哪裡）、「di mana」（在哪裡），各有不同的功能。

例如：

(1) Apa nama kamu? 你的名字是什麼？

(2) Ini siapa? 這是誰？

(3) Kamu dari mana? 你來自哪裡？

(4) Kamu tinggal di mana? 你住在哪裡？

總複習

A. 連連看：

Selamat pagi.	晚安。
Selamat malam.	早安。
Selamat petang.	中午好。
Selamat tengah hari.	謝謝。
Terima kasih.	願（您）平安。
Assalamualaikum.	下午好。

B. 在空格處寫上正確的答案：

1. 結婚了沒？　Sudah ______________ belum?
2. 已經有小孩了嗎？　Sudah ada ______________?
3. 你的名字是什麼？　______________?
4. 來自哪裡？　______________?
5. 來自台灣。　______________.

C. 寫出下列單字的馬來語：

1. 名字 ________________
2. 哪裡 ________________
3. 在哪裡 ________________
4. 來自哪裡 ________________
5. 住 ________________
6. 太太 ________________
7. 朋友 ________________
8. 爸爸 ________________
9. 媽媽 ________________
10. 兒子 ________________
11. 女兒 ________________
12. 學校 ________________

認識
馬來西亞

在馬來西亞一定要吃的餐點！

馬來西亞以多元族群的美食而著稱，除了華人料理、馬來料理還有印度料理，當然也有不同族群融合而成的特色料理。通常，在馬來西亞的話，排名第一的必吃料理通常是「nasi lemak」（椰漿飯）。椰漿飯其實是馬來傳統的食物，通常是早餐，但是因為實在太普遍了，所以各餐廳在午餐、晚餐，甚至宵夜也吃得到椰漿飯。

古早味的椰漿飯其實是一道很簡單的料理，有以椰漿煮成的白飯，佐以炸小魚乾、花生、特製辣椒醬、小黃瓜和水煮蛋。在成為馬來西亞第一美食之後，很多餐廳把椰漿飯升級，加上炸雞塊或咖哩雞等等。如果在一些店家櫃台前看到用椰葉包成的三角椎小包，別懷疑，那就是古早味的椰漿飯，通常飯量很小，如果當成早餐或宵夜就剛剛好了！

另外，一定要推薦給大家的就是在嘛嘛檔（Kedai Mamak）專賣的印度甩餅（Roti Canai）。嘛嘛檔是馬來西亞人宵夜的首選，因為嘛嘛檔是印度裔穆斯林所開的店，所以馬來人、印度人和華人都會上門光顧，成為特殊的飲食據點。而印度甩餅配上特製咖哩醬，再搭配拉茶（Teh Tarik）可說是人間美味！

如果去了馬來西亞，卻沒吃到椰漿飯和印度甩餅，也沒喝到嘛嘛檔的拉茶，那就等於沒到過馬來西亞！所以，無論行程多滿多累，請務必安排一個晚上到嘛嘛檔去品嘗上述特色料理。

MP3-45

你說什麼呀？

Nak makan sini ke nak tapau?

要這裡吃還是要帶走？

註：「nak」是「要」口語的說法，「ke」是「或」口語的說法，「tapau」是來自中文字「打包」。

生活智慧

Hutang emas dapat dibayar,
hutang budi dibawa mati.

蒙一飯之恩，尚殺身以報。

Jumaat
星期五

來買東西，學殺價囉！

學習內容

1. 數字的說法
2. 買東西和討價還價的說法
3. 時間的說法
4. 日期和日子的說法

學習目標

1. 學習數字和金錢的表達方式
2. 學習買東西和討價還價的技巧
3. 學習表達時間
4. 學習表達日期和日子

MP3-46

5.1 Angka

數字的說法

1. Cuba kira: satu, dua, tiga 數數看：1、2、3

(1) 0到10

kosong	0	enam	6
satu	1	tujuh	7
dua	2	lapan	8
tiga	3	sembilan	9
empat	4	sepuluh	10
lima	5		

(2) 11到19

sebelas	11
dua belas	12
tiga belas	13
empat belas	14
lima belas	15
enam belas	16
tujuh belas	17
lapan belas	18
sembilan belas	19

2. Puluh, ratus, ribu 十、百、千位數

(1) 十、百、千位數

puluh	十位數
ratus	百位數
ribu	千位數

(2) 10、100、1000

satu ＋ puluh	= satu puluh	= sepuluh	10
satu ＋ ratus	= satu ratus	= seratus	100
satu ＋ ribu	= satu ribu	= seribu	1000

小提醒

「sepuluh」（10）和「sebelas」（11）中的前綴「se-」有「一」的意思。

(3) 20到23

dua puluh	20
dua puluh satu	21
dua puluh dua	22
dua puluh tiga	23

(4) 101、110、111、123

seratus satu	101
seratus sepuluh	110
seratus sebelas	111
seratus dua puluh tiga	123

MP3-47

3. 開口對話看看吧！

Nombor téléfon kamu berapa? 你的電話號碼幾號？

Fatimah: Selamat pagi, encik.
早安，先生。

Azmin: Selamat pagi, cik.
早安，小姐。

Fatimah: Saya nak isi borang ini.
我要填這個表格。

Azmin: Baik, umur kamu berapa?
好的，你幾歲？

Fatimah: Dua puluh tiga tahun.
二十三歲。

Azmin: Nombor téléfon kamu berapa?
你的電話號碼幾號？

Fatimah: Kosong sembilan satu dua tiga empat lima enam tujuh lapan.
0912-345-678

Azmin: Baik, sila tunggu sekejap.
好，請等一下。

小提醒

「nak」是「要」、「isi」是「填」、「borong」是表格、「umur」是「年齡」、「tunggu」是「等」、「sekejap」是「一陣子」的意思。

4. 其他常用數字

(1) 十千、百千、百萬

puluh ribu	十千（萬）
ratus ribu	百千（十萬）
juta	百萬

例如：

sepuluh ribu 一萬　dua ratus ribu 二十萬　tiga juta 三百萬

(2) 序號

pertama	第一
kedua	第二
ketiga	第三

小提醒
「ke-」是馬來語中「第二」以上的序號的表達方式。

例如：

Saya dapat tempat pertama dalam kelas.　我在班上得到第一名。

Saya anak kedua.　我是排行第二的小孩。

(3) 分數

setengah	一半
sepertiga	三分之一
dua perlima	五分之二

小提醒
「per-」是馬來語中分數的表達方式。

例如：

Saya nak makan setengah.
我要吃一半。

Rumah saya hanya sepertiga besar rumahnya.
我的家只有他家的三分之一大。

MP3-48

5.2 Membeli-belah dan tawar-menawar

買東西和討價還價的說法

1. Berapa? 多少？

(1) Berapa? 多少（錢）？

RM 25. 二十五令吉。

(2) Ini berapa? 這個多少錢？

Ini RM 30. 這個三十令吉。

(3) Ini harga berapa? 這個價格多少？

1 untuk RM 25, 2 untuk RM 40. 一個二十五令吉，兩個四十令吉。

(4) Itu harga berapa? 那個多少錢？

Itu RM 28. 那個二十八令吉。

2. Tawar-menawar 討價還價

(1) Ada diskaun tak? 有折扣嗎？

Ada, 70% diskaun. 有，打三折。

(2) Boléh murah sedikit? 可以便宜一點嗎？

Boléh, diskaun RM 5. 可以，折扣五令吉。

(3) Boléh kurang sedikit? 可以減少一點嗎？

Boléh, kurang RM 5. 可以，減少五令吉。

(4) Boléh kasih diskaun tak? 可以給折扣嗎？

Boléh, kalau beli banyak. 可以，如果買多（的話）。

MP3-49

3. 開口對話看看吧！

Ini berapa? 這多少錢？

Penjual: Selamat datang, cik. Nak cari apa?
歡迎光臨，小姐。要找什麼？

Nurul: Baju wanita.
女裝。

Penjual: Ini dia.
這就是了。

Nurul: Ini berapa?
這多少錢？

Penjual: RM 25.
二十五令吉。

Nurul: Boléh murah sedikit?
可以便宜一點嗎？

Penjual: Boléh. Saya kasih RM 20.
可以。我給（你）二十令吉。

Nurul: Kalau begitu, saya beli dua.
如果那樣，我買兩個（件）。

小提醒

「cari」是「找」、「wanita」是「女性」、「kalau」是「如果」、「begitu」是「那樣」的意思。

4. 其他討價還價的說法

Terlalu mahal, boléh murah sedikit?
太貴了，可以便宜一點嗎？

套進去說說看

kalau beli dua 如果買兩個

kalau beli tiga 如果買三個

kalau beli banyak 如果買很多

kalau pakai kad krédit 如果用信用卡

kalau guna wang tunai 如果用現金

kalau ada kad 如果有卡

MP3-50

5.3 Masa

時間的說法

1. Jam berapa sekarang? 現在幾點？

(1) 整點

Jam berapa sekarang?
現在幾點？

Jam tujuh pagi.
早上七點。

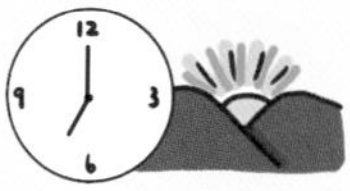

Jam dua belas tengah hari.
中午十二點。

Jam tiga petang.
下午三點。

Jam lapan malam.
晚上八點。

(2) 其他時間

Jam lapan setengah.
八點半。

Jam lapan tiga puluh.
八點三十分。

Kira-kira jam sembilan.
差不多九點。

Lebih kurang jam sepuluh.
差不多十點。

2. Jam berapa......?　幾點……？

Jam berapa makan?
幾點吃？

套進去說說看

- bangun　起床
- tidur　睡覺
- mandi　洗澡
- pergi ke sekolah　去學校
- pergi ke pejabat　去辦公室
- balik ke rumah　回家
- bertolak　出發（指人）
- berlepas　出發（指火車、飛機等）
- sampai　抵達

- tiba　抵達
- mula　開始
- tamat　結束

MP3-51

3. 開口對話看看吧！

Jam berapa kereta api bertolak? 火車幾點出發？

Aisyah: Tumpang tanya, encik.
請問一下，先生。

Ade: Ya?
怎麼了？

Aisyah: Saya mahu tanya, jam berapa keréta api ke Kuala Lumpur bertolak?
我想要問，去吉隆坡的火車幾點出發？

Ade: Jam dua petang.
下午兩點。

Aisyah: Dan akan sampai jam berapa?
那會幾點到達吉隆坡？

Ade: Kira-kira jam empat.
差不多四點。

Aisyah: Saya mahu dua tikét ke Kuala Lumpur.
我要去吉隆坡的兩張票。

Ade: Dua tikét RM 50.
兩張票五十令吉。

小提醒

「mahu」是「要」、「tanya」是「問」、「kira-kira」是「差不多」、「tikét」是「票」的意思。

4. 其他時間相關的說法

(1) Pukul berapa sekarang?

現在幾點？

Pukul dua petang.

下午兩點。

(2) Boléh cepat sedikit?

可以快一點嗎？

Saya sudah léwat.

我已經遲到了。

(3) Berapa lama?

多久？

Dua jam.

兩個小時。

(4) Berapa lama boléh sampai?

多久可以到？

Kira-kira tiga jam.

差不多三小時。

小提醒

「pukul」是「點鐘」、「cepat」是「快」、「lama」是「久」的意思。

MP3-52

5.4 Hari bulan dan tarikh
日期和日子的說法

1. Hari ini hari apa? 今天星期幾？

Hari ini hari apa?	今天星期幾？
Hari ini hari Isnin.	今天星期一。

套進去說說看

星期幾的說法

Isnin 星期一	Selasa 星期二
Rabu 星期三	Khamis 星期四
Jumaat 星期五	Sabtu 星期六
Ahad 星期日	

天、月、年的說法

hari 天、日子	minggu 星期
bulan 月	tahun 年

2. Hari ini hari bulan berapa? 今天幾號？

Hari ini hari bulan berapa? 今天幾號？

Hari ini hari bulan dua. 今天二號。

代入學過的數字唸唸看

套進去說說看

kelmarin 前天

semalam 昨天

hari ini 今天

bésok 明天

lusa 後天

小提醒

根據字典，「kelmarin」同時有「昨天」和「前天」的意思。為了不混淆，大家在日常生活使用上已經漸漸把「semalam」作為「昨天」，「kelmarin」作為「前天」。

MP3-53

3. 開口對話看看吧！

Bila kamu akan ke Malaysia?　你何時會去馬來西亞？

Ade: Apa khabar, Cik Aisyah?
你好嗎，愛紗小姐？

Aisyah: Khabar baik.
很好。

Ade: Bila kamu akan ke Malaysia?
你何時會去馬來西亞？

Aisyah: Minggu depan.
下星期。

Ade: Hari apa?
星期幾？

Aisyah: Hari Isnin.
星期一。

Ade: Hari bulan berapa?
幾號？

Aisyah: 13 hari bulan Méi.
5月13日。

小提醒

「bila」是「何時」、「akan」是「將、將會、將要」的意思。

4. 其他日子的說法

(1) 上星期、這星期、下星期

Saya tiba di Taipei minggu lalu.

我在上星期抵達台北。

Saya akan pergi ke muzium minggu ini.

我這星期將會去博物館。

Saya akan pergi ke Malaysia minggu depan.

我下星期將會去馬來西亞。

(2) 上個月、這個月、下個月

Saya berkunjung ke rumah nénék bulan lalu.

我在上星期到奶奶家去拜訪。

Kita ada mesyuarat bulan ini.

我們這個月有會議。

Kita akan bercuti di Pulau Redang bulan depan.

我們下個月會去熱浪島度假。

(3) 去年、今年、明年

Saya sudah tamat universiti tahun lalu.

我去年已經大學畢業了。

Saya akan mula bekerja tahun ini.

我將在今年開始工作。

Saya berharap boléh belajar di luar negeri tahun depan.

我希望明年可以去國外唸書。

小提醒

「berkunjung」是「拜訪」、「mesyuarat」是「會議」、「bercuti」是「放假」、「berharap」是「希望」、「luar negeri」是「國外」的意思。

複習一下：

minggu lalu 上星期	minggu ini 這星期	minggu depan 下星期
bulan lalu 上個月	bulan ini 這個月	bulan depan 下個月
tahun lalu 去年	tahun ini 今年	tahun depan 明年

各個月份：

Januari 一月	Méi 五月	Septémber 九月
Fébruari 二月	Jun 六月	Oktober 十月
Mac 三月	Julai 七月	Novémber 十一月
April 四月	Ogos 八月	Disémber 十二月

文法小幫手

1. 關於「jam」（點鐘、小時）的用法

「jam」有兩個意思，數字在「jam」的後面代表「點鐘」的意思；而數字在「jam」的前面代表「小時」的意思。

例如：

(1) jam satu　　一點鐘

(2) satu jam　　一個小時

另外，「jam」（點鐘）另一個常見的同義詞是「pukul」。

例如：

jam satu = pukul satu = 一點鐘

2. 常見的疑問代名詞

本篇學習了兩個重要的疑問代名詞，即「berapa」（多少）和「bila」（何時）。「berapa」加上各種形容詞，可以用來詢問總數或時間長度。而「bila」就是用來詢問「何時」？

例如：

(1) Berapa harga?　　價格多少？

(2) Berapa lama?　　多久？

(3) Berapa banyak?　　多少（數量）？

(4) Bila mahu ke Malaysia?　　何時要去馬來西亞？

總複習

A. 連連看：

Berapa harga?	Lima jam.
Jam berapa?	Bulan depan.
Berapa jam?	Jam lima petang.
Bila mahu ke Malaysia?	Hari bulan tiga.
Hari ini hari apa?	RM 50.
Hari ini hari bulan berapa?	Sabtu.

B. 在空格處寫上正確的答案：

1. 現在幾點鐘？ ______________________ sekarang?
2. 下午四點鐘。 Jam ______________________ petang.
3. 今天幾號？ Hari ini ______________________?
4. 今天30號。 Hari ini ______________________.
5. 明天是星期幾？ ______________________ hari apa?
6. 明天星期五。 ______________________.
7. 你何時要去吉隆坡？ ____________ kamu akan ke Kuala Lumpur?
8. 明年。 ______________________.
9. 多久？ ______________________?
10. 價格多少？ ______________________?

C. 寫出下列單字的馬來語：

1. 第一 ______________________
2. 第二 ______________________
3. 第三 ______________________
4. 一半 ______________________
5. 多少 ______________________
6. 信用卡 ______________________
7. 現金 ______________________
8. 很多 ______________________
9. 起床 ______________________
10. 睡覺 ______________________
11. 出發（指人） ______________________
12. 開始 ______________________
13. 星期 ______________________
14. 月 ______________________
15. 年 ______________________
16. 今天 ______________________
17. 明天 ______________________
18. 昨天 ______________________
19. 上星期 ______________________
20. 下星期 ______________________

認識
馬來西亞

此生必訪的檳城！

檳城距離吉隆坡的車程大約四到五個小時，是位於馬來西亞半島西北方的一座小島。這島嶼分為兩個區域，一是檳島、二是威省。橫越於檳島和威省之間，有兩條跨海大橋，分別長十三公里和十六公里，從飛機上看下去，將藍色的海面一分為二，非常壯觀。

檳城老城區留有許多英殖民時代二層樓高的排屋建築，在這些節比鱗次的排屋之中，最讓人為之嚮往的就是近年來興起的塗鴉壁畫。最早在檳城畫壁畫的是一位立陶宛的藝術家Ernest Zacharevic，他以觀察檳城當地居民的生活為靈感，繪製了一系列的人物壁畫，引起全世界觀光客的注意。爾後，檳城州政府和民間團體亦開始藉由各種活動推廣觀光，而遺產區各式有特色的壁畫無疑成為一大賣點。因此，大家紛紛來到這個小島上，拿著壁畫地圖，按圖索驥一番，也帶動了全馬的旅遊推廣活動。

英殖民時期在檳城喬治市留下了東西方合璧的建築風格，加上該市本身多元種族的文化風景、住商合一的人文生活面貌、超過百年的傳統產業，以及聞名全馬的傳統美食，使檳城喬治市於2008年成功被列入聯合國世界文化遺產名錄。自此之後，檳城於每一年的七月都舉辦藝術季，吸引來自全世界的遊客到檳城一遊。

來到檳城，可說是來到美食之島，有必吃的炒粿條以及亞三叻沙（Asam Laksa）。請務必親自到訪來體驗。

MP3-54

你說什麼呀？

Walao, 熱到beh tahan!

哇，熱到無法忍受！

註：「beh」是「不」福建話的說法，「tahan」是馬來語「忍受」的意思。

Catatan

5
Jumaat

生活智慧

Makan tidak kenyang,
mandi tidak basah.

魂不守舍。

Sabtu
星期六

輕鬆學會點餐囉！

學習內容

1. 餐廳點餐的說法
2. 認識馬來西亞料理
3. 購買需要的物品、顏色等
4. 選擇所需要的物品

學習目標

1. 學習點餐的表達方式
2. 認識馬來西亞特色料理
3. 學習表達需要的物品或顏色等
4. 學習表達所要選擇的物品以及形容詞

6.1 Oder di kedai makan
餐廳點餐

1. Sudah oder belum? 點餐了嗎？

(1) Sudah oder belum? 點餐了嗎？

Belum. 還沒。

Sudah. （已經）點了。

(2) Mau oder apa?
要點什麼？

Nasi lemak satu, roti canai satu.
一個椰漿飯，一個印度甩餅。

Kasih saya nasi lemak satu.
給我一個椰漿飯。

Saya nak nasi lemak satu dan roti canai satu.
我要一個椰漿飯和一個印度甩餅。

Saya nak makan nasi lemak dan roti canai.
我要吃椰漿飯和印度甩餅。

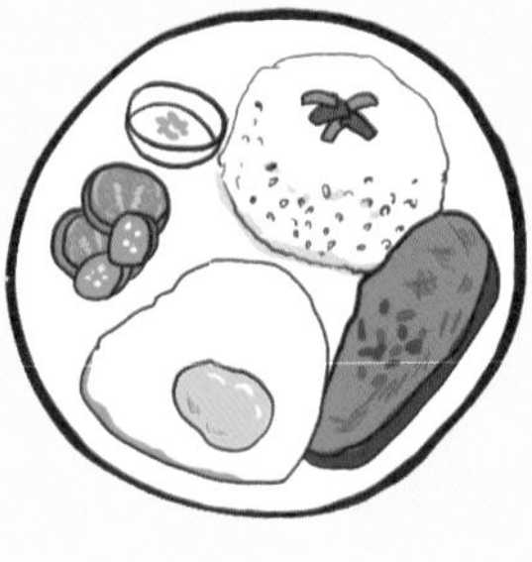

2. Mahu makan apa? Nak minum apa?
要吃什麼？要喝什麼？

(1) Mahu makan apa? 要吃什麼？

Nasi lemak satu. 一個椰漿飯。

Roti canai satu. 一個印度甩餅。

Mi goréng satu. 一盤炒麵。

(2) Mahu minum apa? 要喝什麼？

Téh tarik satu. 一杯拉茶。

Kopi panas satu. 一杯熱咖啡。

Téh ais satu. 一杯冰奶茶。

3. 開口對話看看吧！

Sudah oder belum? 點餐了嗎？

Pelayan: Selamat datang, cik.

歡迎光臨，小姐。

Nurul: Terima kasih.

謝謝。

Pelayan: Sudah oder belum?

點餐了嗎？

Nurul: Nasi lemak satu, roti canai satu.

一個椰漿飯，一個印度甩餅。

Pelayan: Mahu minum apa?

要喝什麼？

Nurul: Téh tarik satu.

一杯拉茶。

Pelayan: Apa lagi?

還要什麼？

Nurul: Itu saja.

就這樣。

小提醒

「lagi」是「再、還」、「saja」是「只」的意思。

4. 其他常用點餐說法

Bos, nasi lemak satu.	老闆，一個椰漿飯。
Kasih saya mi goréng satu.	給我一個炒麵。
Tak mahu taruh cili.	不要放辣椒。
Tak mahu cili.	不要辣椒。
Tak mahu pedas.	不要辣。
Kurang pedas.	少辣。
Tak mahu gula.	不要糖。
Kurang manis.	少甜。
Tak mahu ais.	不要冰塊。
Kurang ais.	少冰。
Tak mahu bawang putih.	不要蒜頭。
Tak mahu lada hitam.	不要黑胡椒。

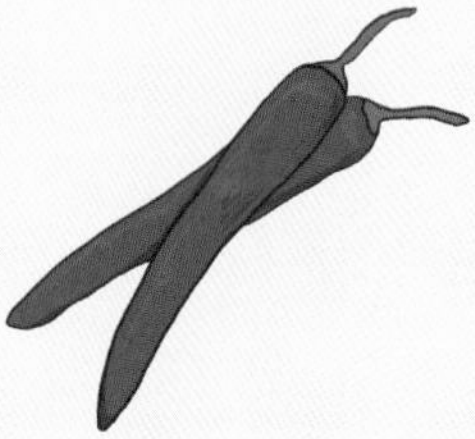

小提醒

「mahu」（要）的口語說法是「nak」，一般上在生活用語上，比較常使用「nak」。

MP3-57

6.2 Mengenal makanan di Malaysia
認識馬來西亞特色料理

1. Mana yang paling sedap? 哪一個最好吃？

Mana yang paling sedap?	哪一個最好吃？
Yang paling sedap nasi lemak.	最好吃的是椰漿飯。

套進去說說看

- roti canai 印度甩餅
- laksa 叻沙（海鮮咖哩湯麵）
- nasi briyani 印度薑黃飯
- popiah 薄餅（潤餅）
- rendang 仁當（乾式咖哩）
- bah kut téh 肉骨茶
- kari ayam 咖哩雞
- ca kwé tiau 炒粿條
- roti kaya 咖椰漿麵包
- nasi ayam 雞飯
- asam laksa 亞三叻沙（酸辣白麵）
- pisang goréng 炸香蕉

2. Apa yang kamu cadangkan? 你推薦什麼？

Apa yang kamu cadangkan? 你推薦什麼？

Saya cadangkan téh tarik. 我推薦拉茶。

套進去說說看

téh ais 冰奶茶	ais kacang 挫冰
kopi panas 熱咖啡	céndol 煎蕊冰
téh O 紅茶	téh O ais 冰紅茶
kopi O 黑咖啡	kopi O ais 冰黑咖啡
milo ais 冰美祿	air bali 薏米水
milo kosong 美祿不加糖和奶	
air suam 溫開水	

小提醒

「teh O」和「kopi O」的「O」，唸成注音「ㄛ」，意思是「黑」的意思。

MP3-58

3. 開口對話看看吧！

Mana yang paling sedap? 哪一個最好吃？

Pelayan: Selamat malam, encik.
晚安，先生。

Hassan: Selamat malam.
晚安。

Pelayan: Encik, sudah oder belum?
先生，點餐了嗎？

Hassan: Mana yang paling sedap?
哪一個最好吃？

Pelayan: Nasi briyani dan kari ayam.
印度薑黃飯和咖哩雞。

Hassan: Untuk minum, apa yang kamu cadangkan?
你推薦什麼喝的？

Pelayan: Téh tarik.
拉茶。

Hassan: Kasih saya nasi briyani satu dan téh tarik panas satu, kurang manis.
給我一個薑黃飯和一杯熱拉茶，少糖。

小提醒

「kasih」（給）是口語的說法，正式用語是「beri」。

4. 其他點餐時的說法

(1) Minta sudu satu.　請給我一個湯匙。

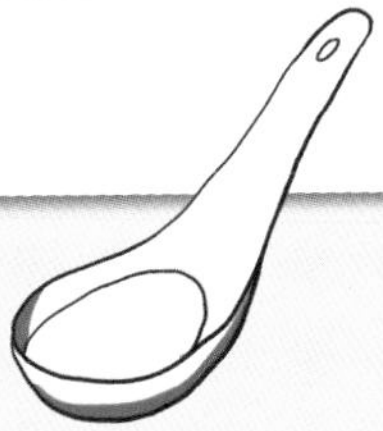

套進去說說看

- garpu 叉子
- tisu 衛生紙
- gelas 玻璃杯
- pinggan 盤子
- cawan 杯子
- mangkuk 碗

(2) Kasih saya bil.　請給我帳單。

套進去說說看

- résit 收據
- ménu 菜單
- sos cili 辣椒醬
- sos tomato 番茄醬
- kicap 醬油
- cili padi 朝天辣椒

MP3-59

6.3 Kamu mahu beli apa?

你要買什麼？

1. Mahu cari apa? 要找什麼？

Mahu cari apa? 要找什麼？

Mahu cari baju. 要找衣服。

套進去說說看

日常用品

seluar 褲子

sarung kaki 襪子

kasut 鞋子

topi 帽子

bég 包包

keméja 襯衫

馬來西亞名產

sarung 沙龍布

wau 馬來風箏

kebaya 馬來傳統服裝格巴雅

kain batik 蠟染衣

gasing 陀螺

congkak 馬來童玩

2. Mahu baju warna apa? 要什麼顏色的衣服？

(1) Mahu baju warna apa? 要什麼顏色的衣服？

Saya mahu baju mérah. 我要紅色的衣服。

套進去說說看

biru 藍色	hijau 綠色
kuning 黃色	ungu 紫色
hitam 黑色	putih 白色

(2) Mahu yang macam mana? 要怎麼樣的？

Mahu yang besar. 要大的。

套進去說說看

yang murah 便宜的	yang kecil 小的
yang cantik 美的	yang warna-warni 五顏六色的
yang panjang 長的	yang péndék 短的

小提醒

連接詞「yang」（的），用來連接形容詞或形容詞子句。

3. 開口對話看看吧！

Mahu cari apa? 要找什麼？

Penjual: Selamat datang, cik.
歡迎光臨，小姐。

Marina: Terima kasih.
謝謝。

Penjual: Mahu cari apa?
要找什麼？

Marina: Baju.
衣服。

Penjual: Mahu baju warna apa?
要什麼顏色的衣服？

Marina: Yang mérah.
紅色的。

Penjual: Yang mérah sudah habis.
紅色的賣完了。

Marina: Kalau begitu, mahu yang biru.
那就要藍色的。

小提醒

「habis」是「完、沒了」的意思。

4. 其他物品相關的說法

- buku 書
- majalah 雜誌
- surat khabar 報紙
- kamus 字典
- patung 娃娃
- kacamata 眼鏡
- sabun 肥皂
- sikat gigi 牙刷
- tuala 毛巾
- bagasi 行李箱
- kain lampin 嬰兒尿片
- tuala wanita 衛生棉

MP3-61

6.4 Kamu mahu yang mana?

你要哪一個？

1. Mana yang lebih cantik? 哪一個比較美？

Mana yang lebih cantik?	哪一個比較美？
Yang ini lebih cantik.	這個比較美。

套進去說說看

baru 新	murah 便宜
sesuai 合適	mahal 貴
menarik 有趣	élok 好
bagus 棒	tahan lama 耐用
baik 好	tahan air 防水
indah 優美（指風景）	tahan debu 防塵

2. Saya mahu baju ini. 我要這件衣服。

Kamu mahu yang mana?	你要哪一個？
Saya mahu baju ini.	我要這件衣服。

套進去說說看

buku ini 這本書	buku itu 那本書
seluar ini 這條褲子	seluar itu 那條褲子
kasut ini 這雙鞋子	kasut itu 那雙鞋子
rumah ini 這間屋子	rumah itu 那間屋子
keréta ini 這台車子	keréta itu 那台車子
sarung ini 這件沙龍布	sarung itu 那件沙龍布

MP3-62

3. 開口對話看看吧！

Baju mana yang lebih cantik? 哪一件衣服比較美？

Siti Nurhaliza: Selamat petang.
下午好。

Penjual: Selamat petang, cik. Nak cari apa?
下午好，小姐。要找什麼？

Siti Nurhaliza: Baju mana yang lebih cantik?
哪一件衣服比較美？

Penjual: Baju ini lebih cantik.
這件衣服比較美。

Siti Nurhaliza: Ada seluar yang lain?
有其他的褲子嗎？

Penjual: Maaf, tidak ada.
抱歉，沒有。

Siti Nurhaliza: Saya mahu kasut ini.
我要這雙鞋子。

Penjual: Baik.
好的。

小提醒

「lain」是「其他」的意思。

4. 其他不同程度副詞和比較的說法

(1) 不同的程度副詞

tidak 不	tidak begitu 沒那麼
sangat 非常	terlalu 太過

例如：

Baju ini tidak cantik. 這件衣服不美。

Baju ini tidak begitu cantik. 這件衣服沒那麼美。

Baju ini sangat murah. 這件衣服非常便宜。

Baju ini terlalu mahal. 這件衣服太貴了。

(2)「lebih」（比較）的用法

lebih......daripada...... 比……更……

例如：

Nasi ini lebih sedap daripada nasi itu.
這個飯比那個飯更好吃。

Baju ini lebih cantik daripada baju itu.
這件衣服比那件衣服更美麗。

文法小幫手

1. 連接詞「dan」（和、還有）的用法

馬來語中最基本和主要的連接詞就是「dan」，口語的用法是「sama」（和、同、跟）。「dan」用來連接名詞、動詞、形容詞等。

例如：

Saya nak makan nasi lemak dan roti canai.

我要吃椰漿飯和印度甩餅。

Saya suka makan dan minum.

我喜歡吃吃喝喝。

2. 副詞「lain」（其他）的用法

「lain」可以搭配不同的字，形成不一樣的意思。

例如：

(1) lain kali　　下次

(2) baju yang lain　　其他的衣服

(3) dan lain-lain　　等等（以及其他的）

3. 疑問代名詞「mana yang」（哪一個）的用法

本篇學習了一個重要的疑問代名詞，即「mana yang」。比較正式的說法是「yang mana」，通常用在有選擇的選項上。

例如：

Baju mana yang paling cantik?　　哪一件衣服最美？

Yang mérah itu.　　那件紅色的。

總複習

A. 連連看：

Sudah oder?	Maaf, tidak ada.
Mau yang mana?	Sudah.
Ada lagi yang lain?	Yang kuning lebih sesuai.
Mana yang lebih sesuai?	Yang besar itu.
Nak oder apa?	Baju merah paling cantik.
Baju mana yang paling cantik?	Ca kwe tiau.

B. 在空格處寫上正確的答案：

1. 點餐了嗎？ Sudah ______________________ belum?
2. 一個椰漿飯。 ______________________ satu.
3. 要喝什麼？ Mahu ______________________ apa?
4. 一杯拉茶。 ______________________ satu.
5. 哪一個最好吃？ Mana yang ______________________?
6. 你推薦什麼？ Apa yang ______________________?

C. 寫出下列單字的馬來語：

1. 咖哩雞 ________________
2. 炒粿條 ________________
3. 咖椰漿麵包 ________________
4. 雞飯 ________________
5. 炸香蕉 ________________
6. 鞋子 ________________
7. 帽子 ________________
8. 包包 ________________
9. 襯衫 ________________
10. 沙龍布 ________________
11. 馬來風箏 ________________
12. 蠟染衣 ________________

認識
馬來西亞

美食之都怡保、歷史之城太平和傳統漁村十八丁

在馬來西亞，除了吉隆坡、檳城、馬六甲和沙巴之外，其實還有很多地方值得去做一場深度旅遊，品嘗美食之餘，更能了解馬來西亞華人的歷史軌跡。

位於西馬中北部地區的霹靂州（Perak）有很多華人城鎮。所謂的華人城鎮，其實只是代表比較多華人聚集的地方，這是因為大約在一百年前，來自中國沿海地區，例如廣東省、福建省等的華人，南下到東南亞各地去當苦力。而霹靂州很多地方蘊藏豐富的錫礦，吸引了大批華工來到這些地方，所以目前霹靂州的首府怡保（Ipoh）、周邊城鎮太平（Taiping）等都是很有華人味道的地名。因此，也有很多美食值得期待。

怡保以廣東人、客家人居多，其中幾道料理，例如：芽菜雞、粿條湯、點心等，都是怡保特別的美食，連馬來西亞最有名的伴手禮「白咖啡」也源自怡保傳統的茶餐廳。馬來西亞人喜歡到怡保來個一日遊，在週末好好地品嘗美食。

距離怡保大約一個小時的距離，有一個小鎮叫太平。太平最有名的就是太平湖，綠意盎然、一排排百年老樹的樹幹延伸至湖面上，與湖水相互輝映，讓人心曠神怡。太平是馬來西亞第一個以華語命名的城鎮，因為當時那裡有兩個很大的錫礦產區，引來大批華工競相來淘錫礦，而引發多次的械鬥，於是當時的英殖民政府招來兩派人馬，簽署和平條約，取名為「太平」，以期永遠太平。

而距離太平約二十分鐘車程，有一個純樸的小漁村叫十八丁（Kuala Sepetang），這裡的居民沿著河口建設杆欄式的房子，每一個房子前面停放著的不是車子，而是漁船。這裡的漁民大部分以補蝦為生，每到下午時分，一艘艘的漁船緩緩駛進十八丁河，漁民們把漁獲搬上房子前的甲板上直接進行清洗。夕陽西下，吃著這裡著名的咖哩麵，可以體驗不一樣的人生。

MP3-63

你說什麼呀？

Sibei shiok! Beli satu free satu!

非常過癮！買一送一！

註：「sibei」是非常的意思，「shiok」是「爽」的意思。

生活智慧

Jika tidak dipecah ruyung,
di mana boleh mendapat sagu.

不入虎穴，焉得虎子。

Ahad
星期日

輕鬆學會生活馬來語！

學習內容

1. 搭乘交通工具的說法
2. 各個地點的說法
3. 問路、方向與方位
4. 報案、護照不見了

學習目標

1. 學習搭乘交通工具的表達方式
2. 學習各個地點的說法
3. 學習問路、表達方向與方位等
4. 學習報案的說法、表達護照不見了

7.1 Jom, pergi makan angin.
走，去旅遊。

1. Naik apa? 搭什麼（車）？

Kalau nak ke Melaka, naik apa?
如果要去馬六甲，搭什麼車？
Kalau mahu ke Melaka, kamu boléh naik bas.
如果要去馬六甲，你可以搭巴士。

套進去說說看

Naik keréta api. 搭火車。

Naik keréta sendiri. 坐自己的車。

Naik téksi. 搭計程車。

Naik bas persiaran. 搭長途巴士。

Naik kapal. 搭船。

Naik kapal terbang. 搭飛機。

Naik féri. 搭渡輪。

2. Berapa tambangnya? 車費多少？

(1) Berapa tambangnya ke Kuala Lumpur?

去吉隆坡的車費多少？

Kira-kira RM 40.

差不多四十令吉。

(2) Berapa tambangnya dari Kuala Lumpur ke Melaka?

從吉隆坡到馬六甲的車費多少？

Kalau naik bas persiaran, kira-kira RM 50.

如果是搭遊覽車，差不多五十令吉。

(3) Berapa tambangnya ke pusat bandar?

去市中心的車費多少？

Kalau naik MRT, murah saja.

如果是搭捷運，很便宜而已。

(4) Berapa tambangnya ke KLCC?

到吉隆坡雙峰塔要多少錢？

Tidak lebih dari RM 10.

不超過十令吉。

MP3-65

3. 開口對話看看吧！

Kamu nak naik apa? 你要搭什麼車？

Ainan: Sudah malam, saya nak balik.
已經晚了，我要回去了。

Ong: Kamu bawa keréta sendiri?
你有自己開車嗎？

Ainan: Tidak. Saya tidak ada keréta.
沒有。我沒有車子。

Ong: Kamu balik naik apa?
你搭什麼車回去？

Ainan: Saya biasanya naik MRT.
我通常搭捷運。

Ong: Lebih baik naik téksi, sekarang sudah léwat.
搭計程車比較好，現在已經很晚了。

Ainan: Saya panggil téksi sekarang.
我現在叫車。

小提醒

「balik」是「回」、「bawa」是「帶」、「biasanya」是「通常」、「panggil」是「叫」的意思。

4. 其他常用交通用語

(1) Kamu mahu naik apa?

你要搭什麼車？

Saya nak panggil téksi.

我要叫計程車。

(2) Mahu ke mana?

要去哪裡？

Tolong hantar saya ke lapangan terbang.

請送我到機場。

(3) Nak ke mana?

要去哪裡？

Saya nak balik ke hotél.

我要回飯店。

(4) Naik apa?

搭什麼？

Naik basikal atau motorsikal.

騎腳踏車或摩托車。

7.2 Saya nak ke pantai.
我要去海邊。

1. Pergi ke mana? 去哪裡？

Nak pergi ke mana? 要去哪裡？

Saya nak pergi ke pantai. 我要去海邊。

套進去說說看

gunung 山	tasik 湖
istana negara 國家皇宮	sungai 河
muzium 博物館	bukit 山坡
taman 公園	pulau 島嶼
kedai makan 餐廳	kedai mamak 嘛嘛檔
pusat membeli-belah 購物中心	gua 山洞

2. Saya nak pergi makan. 我要去吃東西。

Kamu nak ke mana? 你要去哪裡？

Saya nak pergi makan. 我要去吃（東西）。

套進去說說看

minum 喝	bersukan 做運動
jalan-jalan 逛逛	berenang 游泳
membeli-belah 購物	berselancar 衝浪
urut 按摩	belajar 學習
melancong 旅遊	bekerja 工作
menonton wayang 看電影	menyanyi 唱歌

MP3-67

3. 開口對話看看吧！

Nak pergi ke mana? 要去哪裡？

Jahul: Selamat datang di Kuala Lumpur.
歡迎來到吉隆坡。

Shanti: Kuala Lumpur tempat yang baik.
吉隆坡真是個好地方。

Jahul: Di Kuala Lumpur, nak pergi ke mana?
在吉隆坡，（你）要去哪裡？

Shanti: Saya nak pergi ke Muzium Negara.
我要去國家博物館。

Jahul: Selepas itu?
在那之後呢？

Shanti: Pergi jalan-jalan di Bukit Bintang.
去星光大道逛逛。

Jahul: Saya mau ikut.
我也想跟著去。

Shanti: Jom, kita jalan.
走吧，我們走。

小提醒

「negara」是「國家」、「selepas」是「之後」、「ikut」是「跟隨」的意思。

4. 其他相關旅遊、休閒活動和地點的說法

menyelam 潛水

menari 跳舞

bermain bola 玩球

bermain muzik 玩樂器

mengambil foto 拍照

menyéwa keréta 租車

pintu masuk 入口

tikét bas 巴士票

pintu keluar 出口

peta 地圖

stésen bas 巴士車站

perhentian bas 巴士站牌

MP3-68

7.3 Tanya jalan dan arah
問路與方向

1. Macam mana jalan ke muzium? 去博物館怎麼走？

(1) Macam mana jalan ke muzium?

去博物館怎麼走？

Jalan lurus kemudian pusing kiri.

直走然後左轉。

(2) Macam mana ke Bukit Bintang?

怎麼走到星光大道？

Terus jalan sampai hujung dan pusing kanan.

繼續走到底然後右轉。

(3) KLCC di mana?

吉隆坡雙峰塔在哪裡？

Maaf, saya tidak tahu.

抱歉，我不知道。

(4) Adakah muzium di sekeliling sini?

博物館在這附近嗎？

Ya, jalan lurus dan kamu akan nampak.

是的，直走你就會看到。

2. Di sebelah kiri. 在左邊。

Tandas di mana?	廁所在哪裡？
Di sebelah kiri.	在左邊。

套進去說說看

sini 這裡	sana 那裡
sebelah kanan 在右邊	belakang sana 那邊後面
hujung sini 這裡尾端	hujung sana 那裡尾端
atas 上面	bawah 下面
dalam 裡面	luar 外面
tepi 旁邊	depan 前面

3. 開口對話看看吧！

Jalan lurus kemudian pusing kiri. 直走然後左轉。

Ainan: Selamat petang. Tumpang tanya, pak.
下午好，先生，請問一下。

Shamsudin: Ya, apa yang boléh saya bantu?
是，有什麼我可以幫忙的？

Ainan: Macam mana jalan ke kedai makan ini?
怎麼走到這間餐廳？

Shamsudin: Jalan lurus kemudian pusing kiri.
直走然後左轉。

Ainan: Pusing kiri di mana?
在哪裡左轉？

Shamsudin: Pusing di depan pasar.
在市場前面轉。

Ainan: Kedai makanan ada di sebelah kiri atau kanan?
餐廳在左邊還是右邊？

Shamsudin: Di sebelah kanan.
在右邊。

小提醒
「bantu」是「幫助」、「kemudian」是「然後」的意思。

4. 其他方向相關的說法

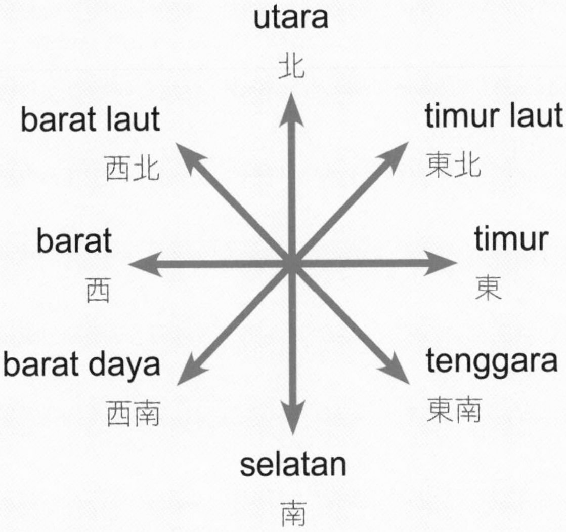

例如：

(1) Taiwan terletak di Asia Timur.
台灣位於東亞。

(2) Taiwan terletak di utara Filipina.
台灣位於菲律賓北方。

(3) Keréta api menghubungkan utara dan selatan Taiwan.
火車連接了台灣的北部和南部。

(4) Matahari dan bulan tenggelam di sebelah barat.
太陽和月亮在西邊落下。

7.4 Pasport saya hilang.

我的護照不見了。

1. Saya nak lapor polis. 我要報案。

(1) Ada apa masalah?

有什麼問題？

Saya nak lapor polis.

我要報案。

(2) Apa yang terjadi?

發生了什麼事？

Saya mahu membuat laporan polis.

我要報案。

(3) Apa yang berlaku?

發生了什麼事？

Dompét saya hilang.

我的錢包不見了。

(4) Apa yang boléh saya bantu?

我可以幫忙什麼？

Pasport saya dicuri.

我的護照被偷了。

2. Saya sakit. 我生病了。

(1) Ada klinik dekat sini?

有靠近這裡的診所嗎？

Ya, ada.

是，有的。

(2) Boléh hantar saya ke hospital?

可以送我去醫院嗎？

Boléh, hospital yang mana?

可以，哪一個醫院？

(3) Boléh tolong saya panggil doktor?

可以幫我叫醫生嗎？

Sekejap ya!

（要等）一陣子喔！

(4) Ada masalah apa?

有什麼問題？

Saya rasa saya sakit.

我覺得我生病了。

3. 開口對話看看吧！

Hilang di mana? 在哪裡不見的？

Bee Yoke: Saya nak lapor polis.
我要報案。

Polis: Apa yang terjadi?
發生了什麼事？

Bee Yoke: Dompét saya hilang.
我的錢包不見了。

Polis: Hilang di mana?
在哪裡不見的？

Bee Yoke: Tidak tahu. Bég saya juga hilang.
不知道。我的包包也不見了。

Polis: Tuliskan nama anda di sini.
在這裡寫下您的名字。

Bee Yoke: Dan kemudian?
然後呢？

Polis: Tanda tangan di sini.
在這裡簽名。

小提醒

「tuliskan」是「寫下」、「tanda tangan」是「簽名」的意思。

4. 其他旅遊狀況的說法

(1) 遭遇不幸事件

- dicuri 被偷
- ditipu 被騙
- dirompak 被搶劫
- hilang 不見
- dirampas 被掠奪
- rosak （東西）壞掉

(2) 各種生病的狀況

- demam 發燒
- batuk 咳嗽
- sakit perut 肚子痛
- terluka 受傷
- sakit kepala 頭痛
- terjatuh 跌倒

文法小幫手

1. 關於人稱代名詞和所有格

馬來語的人稱代名詞如下：

	第一人稱	第二人稱	第三人稱
單數	saya（正式） aku 我	anda（正式） kamu, awak 你	beliau（尊稱） dia 他
複數	kita 我們大家（包含聽者） kami 我們（不包含聽者）	kalian 你們	meréka 他們

所有格的格式就是把人稱代名詞放在名詞之後，以「baju」（衣服）為例：

	第一人稱	第二人稱	第三人稱
單數	baju saya baju aku → bajuku 我的衣服	baju anda baju kamu → bajumu baju awak 你的衣服	baju beliau baju dia → bajunya 他的衣服
複數	baju kita baju kami 我們的衣服	baju kalian 你們的衣服	baju meréka 他們的衣服

小提醒

所有格中，第一、二人稱各有一個可縮寫的字，即「-ku」和「-mu」。而第三人稱，通常都是直接用「-nya」。

2. 疑問代名詞「macam mana」（怎麼樣）的用法

本篇學習了一個重要的疑問代名詞，即「macam mana」，另外有一個比較正式的說法是「bagaimana」。

例如：

Macam mana jalan ke sana?　（口語）去那裡的路怎麼走？

Bagaimana jalan ke sana?　（正式）去那裡的路怎麼走？

3. 疑問代名詞「ke mana」（去哪裡）的用法

「ke mana」用來詢問去向，回答時有兩個方式，即：「pergi ke ＋ 地點」或「pergi ＋ 動作」。

例如：

Nak pergi ke mana?　要去哪裡？

Pergi ke pasar.　去市場。

Pergi jalan-jalan.　去逛逛。

總複習

A. 連連看：

jalan-jalan	旅遊
membeli-belah	喝
urut	看電影
melancong	逛逛
minum	按摩
menonton wayang	購物

B. 在空格處寫上正確的答案：

1. 要搭什麼？	Nak ______________________ apa?
2. 搭火車。	Naik ______________________.
3. 我要叫計程車。	Saya nak ______________________.
4. 車費多少？	______________________ tambangnya?
5. 要去哪裡？	Nak ______________________?
6. 我要去海邊。	Saya nak ______________________.

C. 寫出下列單字的馬來語：

1. 發燒 ______________________
2. 肚子痛 ______________________
3. 咳嗽 ______________________
4. 受傷 ______________________
5. 逛逛 ______________________
6. 游泳 ______________________
7. 購物 ______________________
8. 衝浪 ______________________
9. 山 ______________________
10. 湖 ______________________
11. 島嶼 ______________________
12. 火車 ______________________

認識馬來西亞

去亞庇爬神山吧！

馬來西亞最高的山是哪一座？就是位於東馬沙巴州亞庇市（Kota Kinabalu）的京那巴魯山（Gunung Kinabalu），又稱神山，海拔高度4095公尺。其中「亞庇」這個地名的由來，其實是華人的稱呼，因為這座城市以前常被火燒，有火焰之城之稱，而「火」的馬來語是「api」，華人唸起來就像「亞庇」，因而得名。

東馬的沙巴（Sabah）與砂勞越（Sarawak）人口以原住民為主，馬來人與華人次之，東馬保留了大量的自然資源與山林之美，於是當地原住民努力以這些優勢發展觀光產業，神山就是一個例子。神山每天只准200人登山，限制人數的原因，除了為了保護大自然的人為干擾以外，另一個原因就是山上的住房有限。攀爬神山平均花費八小時到半山腰，通常抵達山腰宿舍時已經天黑，經過一夜休息，隔天凌晨三點，嚮導會帶你攻頂看日出。

神山是由花崗岩構成，所以沿途都是由石頭砌成的石階，山頂更是一大片寸草不生的岩壁，半夜裡，每個人帶著頭燈，穿著防滑手套，拉著纜繩，一路爬上峭壁。成功征服神山的人，會在山頂看到一座呈三角形的石丘，其模樣就像是一個帶著頭紗的女人的臉。據說從前有個中國人到沙巴來做生意，娶了當地女子為妻，後來他返回故鄉，女子因為思念丈夫，時時爬上神山佇足遠望，最後竟成了一座石丘。這個典故，也是神山名稱的由來，因為京那巴魯山（Gunung Kinabalu）是由「kina」（中國）與「balu」（寡婦）這兩個字所組成的，所以又稱為「寡婦山」。

如果你喜歡登山，神山絕對是這一生一定要去的地方！

MP3-72

你說什麼呀？

Bos, cham satu!

老闆，來一杯「摻」！

註：「摻」是點飲料時的黑話，意思是「咖啡摻美祿」，在一些地方例如太平、十八丁等地，還有可愛的說法，叫作「虎咬獅」！

附錄：總複習解答

星期一

A. 請選出正確的馬來語單字：

1. C　2. C　3. A　4. B　5. A　6. B　7. B　8. A　9. B　10. A

星期二

A. 請選出正確的馬來語單字：

1. C　2. C　3. B　4. C　5. B　6. A　7. A　8. B　9. A　10. A

星期三

A. 請選出正確的馬來語單字：

1. A　2. C　3. B　4. B　5. B　6. A　7. B　8. C　9. A　10. A

星期四

A. 連連看：

Selamat pagi.	早安。
Selamat malam.	晚安。
Selamat petang.	下午好。
Selamat tengah hari.	中午好。
Terima kasih.	謝謝。
Assalamualaikum.	願（您）平安。

B. 在空格處寫上正確的答案：

1. 結婚了沒？　Sudah kahwin belum?
2. 已經有小孩了嗎？　Sudah ada anak?
3. 你的名字是什麼？　Apa nama kamu?
4. 來自哪裡？　Dari mana?
5. 來自台灣。　Dari Taiwan.

C. 寫出下列單字的馬來語：

1. 名字	nama	7. 朋友	kawan
2. 哪裡	mana	8. 爸爸	ayah / bapa
3. 在哪裡	di mana	9. 媽媽	ibu / emak
4. 來自哪裡	dari mana	10. 兒子	anak lelaki
5. 住	tinggal	11. 女兒	anak perempuan
6. 太太	isteri	12. 學校	sekolah

星期五

A. 連連看：

Berapa harga?	Lima jam.
Jam berapa?	Bulan depan.
Berapa jam?	Jam lima petang.
Bila mahu ke Malaysia?	Hari bulan tiga.
Hari ini hari apa?	RM 50.
Hari ini hari bulan berapa?	Sabtu.

B. 在空格處寫上正確的答案：

1. 現在幾點鐘？	Jam berapa sekarang?
2. 下午四點鐘。	Jam empat petang.
3. 今天幾號？	Hari ini hari bulan berapa?
4. 今天30號。	Hari ini hari bulan tiga puluh.
5. 明天是星期幾？	Besok hari apa?
6. 明天星期五。	Besok Jumaat.
7. 你何時要去吉隆坡？	Bila kamu akan ke Kuala Lumpur?
8. 明年。	Tahun depan.
9. 多久？	Berapa lama?
10. 價格多少？	Berapa harga?

C. 寫出下列單字的馬來語：

1. 第一	pertama	11. 出發（指人）	bertolak
2. 第二	kedua	12. 開始	mula
3. 第三	ketiga	13. 星期	minggu
4. 一半	setengah	14. 月	bulan
5. 多少	berapa	15. 年	tahun
6. 信用卡	kad kredit	16. 今天	hari ini
7. 現金	wang tunai	17. 明天	besok
8. 很多	banyak	18. 昨天	semalam
9. 起床	bangun	19. 上星期	minggu lalu
10. 睡覺	tidur	20. 下星期	minggu depan

星期六

A. 連連看：

Sudah oder?	Maaf, tidak ada.
Mau yang mana?	Sudah.
Ada lagi yang lain?	Yang kuning lebih sesuai.
Mana yang lebih sesuai?	Yang besar itu.
Nak oder apa?	Baju merah paling cantik.
Baju mana yang paling cantik?	Ca kwe tiau.

B. 在空格處寫上正確的答案：

1. 點餐了嗎？	Sudah oder belum?
2. 一個椰漿飯。	Nasi lemak satu.
3. 要喝什麼？	Mahu minum apa?
4. 一杯拉茶。	Teh tarik satu.
5. 哪一個最好吃？	Mana yang paling sedap?
6. 你推薦什麼？	Apa yang kamu cadangkan?

C. 寫出下列單字的馬來語：

1. 咖哩雞	kari ayam	7. 帽子	topi
2. 炒粿條	ca kwe tiau	8. 包包	beg
3. 咖椰漿麵包	roti kaya	9. 襯衫	kemeja
4. 雞飯	nasi ayam	10. 沙龍布	sarung
5. 炸香蕉	pisang goreng	11. 馬來風箏	wau
6. 鞋子	kasut	12. 蠟染衣	kain batik

星期日

A. 連連看：

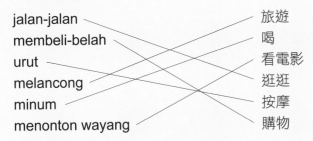

jalan-jalan	旅遊
membeli-belah	喝
urut	看電影
melancong	逛逛
minum	按摩
menonton wayang	購物

B. 在空格處寫上正確的答案：

1. 要搭什麼？	Nak naik apa?
2. 搭火車。	Naik kereta api.
3. 我要叫計程車。	Saya nak panggil teksi.
4. 車費多少？	Berapa tambangnya?
5. 要去哪裡？	Nak pergi ke mana?
6. 我要去海邊。	Saya nak pergi ke pantai.

C. 寫出下列單字的馬來語：

1. 發燒	demam	7. 購物	membeli-belah
2. 肚子痛	sakit perut	8. 衝浪	berselancar
3. 咳嗽	batuk	9. 山	gunung
4. 受傷	terluka	10. 湖	tasik
5. 逛逛	jalan-jalan	11. 島嶼	pulau
6. 游泳	berenang	12. 火車	kereta api

國家圖書館出版品預行編目資料

信不信由你，一週開口說馬來語！ 新版 / 王麗蘭著
-- 修訂初版 -- 臺北市：瑞蘭國際, 2023.08
160面；17×23公分 --（繽紛外語系列；123）
ISBN：978-626-7274-47-7（平裝）
1. CST：馬來語 2. CST：讀本

803.928 112012800

繽紛外語123
信不信由你，一週開口說馬來語！新版
作者｜王麗蘭
責任編輯｜王愿琦、葉仲芸
校對｜王麗蘭、王愿琦、葉仲芸

馬來語錄音｜王麗蘭、顏聖鈜
錄音室｜采漾錄音製作有限公司
封面設計｜劉麗雪、陳如琪
版型設計、內文排版｜余佳憓、陳如琪
美術插畫｜Syuan Ho

瑞蘭國際出版

董事長｜張暖彗・社長兼總編輯｜王愿琦
編輯部
副總編輯｜葉仲芸・主編｜潘治婷
設計部主任｜陳如琪
業務部
經理｜楊米琪・主任｜林湲洵・組長｜張毓庭

出版社｜瑞蘭國際有限公司・地址｜台北市大安區安和路一段104號7樓之1
電話｜(02)2700-4625・傳真｜(02)2700-4622・訂購專線｜(02)2700-4625
劃撥帳號｜19914152 瑞蘭國際有限公司
瑞蘭國際網路書城｜www.genki-japan.com.tw

法律顧問｜海灣國際法律事務所　呂錦峯律師

總經銷｜聯合發行股份有限公司・電話｜(02)2917-8022、2917-8042
傳真｜(02)2915-6275、2915-7212・印刷｜科億印刷股份有限公司
出版日期｜2023年08月初版1刷・定價｜380元・ISBN｜978-626-7274-47-7

PRINTED WITH SOY INK 本書採用環保大豆油墨印製

瑞蘭國際

瑞蘭國際